Giusy Caligari

SULLA ROTTA DEL DESTINO

Via Verona, 10 - 20135 - Milano
www.grecoegrecoeditori.it

ISBN 978-88-7980-658-9

Giusy Caligari

Sulla rotta del destino

Personaggi:

MARIKA (SOKOLOVA) - la badante

FAMIGLIA CONTINI:

VALERIA, VALERY - figlia
RICCARDO - figlio
VITTORIO - padre
MARIE ROSE, ROSE - mamma

EVANS - cugino (figlio di Francesco e Patty)
FRANCESCO - zio (fratello del padre)
PATTY - zia (moglie di Francesco)

***

MARK PARKER (innamorato di Valéry - sicurezza nazionale USA)
DIMITRIJ ALAVJENKO (innamorato di Marika - sicurezza nazionale URSS)
CRISTIANO BOSI - Agenzia Investigativa C. B.
GIOVANNA - fidanzata di Cristiano

NATASCIA (gestrice della casa accoglienza immigrate dell'est)

***

FAMIGLIA GIULIERI:

CARLO GIULIERI / ANNA LOVERSI
FEDERICO GIULIERI - figlio

FAMIGLIA NAVA:

LUIGI NAVA - direttore inquisito
UMBERTO NAVA - fratello
DAVIDE NAVA - figlio/nipote

SPEDIZIONE:

IVAN PETROV
PIERRE DUBOIS
EDDI RIVERA

Maestro di golf: Jak Tarantino

Italia - Autunno 2003

Era arrivata in Italia, a Milano il pomeriggio d'ieri. Conosceva poche parole di quella lingua ma confidava nella propensione ad apprendere velocemente. Il viaggio era stato lungo e le era costato tutti i suoi risparmi, tre anni di rinunce. Non si era concessa neppure un ghiacciolo durante le calde estati di Sebastopoli, né una bottiglia di vodka nei rigidi inverni russi, figuriamoci poi abiti nuovi o qualche nuovo accessorio. Le sue figlie stavano crescendo e lei, ingegnere ricercatore, alla caduta del regime, si era trovata senza lavoro: tagliata fuori senza appello. Suo marito era riuscito a riciclarsi, un incarico al porto, ma la sua paga non bastava per affrontare le esigenze di una famiglia di quattro persone. Aveva tentato in vari modi persino aprendo una piccola attività ma nessuno dei suoi sforzi aveva prodotto un reddito sufficiente e i piccoli guadagni non servivano ad affrontare le spese quotidiane.

Molte famiglie si trovavano in queste condizioni e si stava diffondendo il costume di partire per l'Europa alla ricerca di un posto come badante o cameriera. Gli uomini s'imbruttivano bevendo e fumando sui divani delle sempre più fatiscenti dimore mentre le donne: partivano. Non era una fuga ma un modo per aiutare i propri cari a sopravvivere.

Così anche lei aveva deciso di buttarsi in quell'avventura e finalmente era riuscita a racimolare i tremila euro per pagare il suo passaggio clandestino, una somma notevole se si considera che gli stipendi più alti si aggiravano intorno ai centocinquanta euro mensili. In treno era arrivata sino a Leopoli a una settantina di chilometri dal confine con la Polonia, da lì con un autobus aveva raggiunto un paesino fuori mano, dove un furgone aspettava lei e altre nove donne. Tutte avevano consegnato l'importo pattuito ed erano state fatte accomodare, se così si può dire, su sedili improvvisati sul retro del mezzo malconcio, nel quale, una volta chiuso il portellone, era calato il buio. Da un paio di prese d'aria, buchi nella carrozzeria creati dalla ruggine, filtravano dei fili di luce e in quella meno che penombra le dieci donne avevano iniziato a conoscersi, si erano presentate e si erano raccontate la loro storia. Non tutte parlavano la stessa lingua, le più giovani solo ucraino, le altre preferivano il russo. Si era tenuta in disparte, ascoltando. Informazioni frammentarie arrivate da altre donne che avevano già raggiunto l'Europa. Da questi discorsi aveva appreso che il posto migliore, dove lo stato si dimostrava più tollerante, era l'Italia.

Una di loro, Mascia, si stava dirigendo proprio in Italia, in un paese alla periferia di Milano. Sempre dai racconti di Mascia aveva saputo che lì si trovava una donna moldava arrivata anni prima. Questa donna possedeva una grande casa e ti affittava un letto per il tempo necessario a trovare un lavoro. Con Mascia strinse una specie di amicizia e si accordò, in cambio di una piccola somma, per andare con lei dalla donna moldava. Le sembrava la cosa migliore da fare poiché di questa nuova realtà, di questa vita cui stava andando incontro, non conosceva quasi nulla e soprattutto non aveva né contatti né appoggi.

Dopo il patto con Mascia ritornò alla sua riservatezza ascoltando le chiacchiere delle altre per distrarsi e continuare a sopportare quel lungo e disagevole viaggio.

Al passaggio delle varie frontiere l'autista picchiava forte sulla lamiera, che le divideva dall'abitacolo di guida, intimando loro il silenzio nel quale restavano con il fiato sospeso nella paura e nel timore di essere scoperte, anche se chi aveva messo in piedi questo business, sapeva bene come muoversi e aveva pronte tutte le mazzette per corrompere gli addetti ai controlli. Una connivenza ormai ben attestata. Solo al confine tra la Repubblica Ceca e l'Austria si era presentata una difficoltà inaspettata. Al controllo non era presente il solito gendarme, motivi di salute lo avevano obbligato a cambiare il turno. I mezzi in fila alla frontiera erano controllati meticolosamente e anche l'autista del loro malridotto furgone cominciava a temere. Le conseguenze se avessero scoperto qual era il suo carico sarebbero state terribili. Quel giorno la fortuna era dalla loro. Su uno dei camion che stavano controllando furono rinvenute delle opere d'arte, era stata proprio la segnalazione di quel furto a far sì che i controlli divenissero così attenti. Nell'eccitazione del momento i doganieri, per smaltire le lunghe code che si erano andate formando, iniziarono a dare un'occhiata veloce ai documenti che i conducenti porgevano loro dai finestrini dando il benestare al passaggio. Dopo qualche altra ora di quello scomodo viaggio, attraversata senza difficoltà la frontiera con l'Italia, le donne a gruppetti di due o tre furono lasciate nei pressi di piccole stazioni ferroviarie un po' fuori mano. Da lì si sarebbero dovute arrangiare per raggiungere le destinazioni che si erano prescelte. Lei e Mascia furono le ultime a scendere.

Abbandonate a uno scalo ferroviario vicino a Bergamo acquistarono un biglietto per Milano. Dalla stazione Centrale raggiungere nell'hinterland la casa della donna moldava, stanche com'erano e senza conoscere la lingua, presentava non poche difficoltà. Si erano procurate una cartina stradale, fatto il punto di dove dovevano andare e indicandolo ai passanti riuscirono a prendere tutti i mezzi pubblici che le avevano condotte a destinazione. C'erano volute più di tre ore!

Natascia, questo era il nome della donna moldava che gestiva quella casa, per così dire, di prima accoglienza, aveva un fare asciutto; mostrò loro due brande libere in una grande stanza che ne contava sei, sulle altre quattro oggetti personali sparsi a indicare che altre donne dormivano lì.

«Sono dodici euro a notte più il dieci per cento dello stipendio del vostro primo mese di lavoro. Là in fondo c'è il bagno. I vostri passaporti li tengo io sino a che non avrete pagato. Riposatevi domani vi darò qualche indirizzo.»

«Grazie, grazie.»

Mentre Mascia era in una profusione di ringraziamenti e gratitudine, lei stava pensando: "Grazie un corno, questa è un'altra usuraia che approfitta delle sfortune altrui." Lei era una persona pratica, per cui ad alta voce disse: «Natascia, quanto per avere una cena decente?»

A quella domanda Natascia la guardò finalmente in faccia. Era sveglia la tipa.

«Sono quindici euro a testa.»

«Bene ci laviamo e sistemiamo poi la raggiungiamo in cucina. Metta pure tutte e due le cene sul mio conto.»

Natascia aveva preparato una minestra di verdura, un paio di fette di maiale, patate lesse, una brocca d'acqua del rubinetto e del pane tagliato da una pagnotta non proprio di giornata. Nell'insieme, anche se caro, un pasto decente dopo tutte le schifezze che avevano ingurgitato durante il viaggio.

Terminata la cena, Natascia le aveva dato un biglietto con un nome e un indirizzo.

«Ecco. Chiamali domani. Stanno cercando una badante e non so quante donne abbiamo già mandato. Nessuna sembra essere all'altezza.»

Era andata a dormire ma prima di piombare nel sonno aveva tirato fuori dalla sua borsetta il libretto Russo-Italiano e si era obbligata a imparare le frasi necessarie per telefonare e prendere appuntamento con quella famiglia. Quanti soldi avrebbe dovuto chiedere o accettare? Sicuramente Natascia sapeva intorno a che cifra si aggiravano i compensi per le badanti a Milano. Sarebbe dovuta entrare in possesso di quell'informazione prima di presentarsi all'appuntamento. Glielo avrebbero fissato con quelle poche parole d'italiano che aveva memorizzato? Avrebbe voluto imparare ancora qualche frase ma si sentiva veramente troppo stanca e il sonno aveva vinto.

Mezzogiorno. Si era svegliata a mezzogiorno! Mai nella vita le era capitato di dormire tanto. Quattordici ore filate eppure si sentiva come reduce da una sbronza solenne. Aveva impiegato alcuni minuti a capire dove si trovava. Poi aveva scorto gli altri letti: le valige e le borse riposte sotto le reti. Nessuna delle donne che aveva visto la sera prima era presente. Saranno a lavorare o a cercare un lavoro, aveva pensato. Accidenti anche lei era lì per quello e per di più doveva parlare a Natascia e fare quella telefonata! La nebbia che aveva nella testa si era dissolta in un attimo e aveva appoggiato i piedi nudi sul marmo gelido del pavimento. Bene, aveva pensato, così mi si riattiva la circolazione. Presa una salvietta e l'occorrente per lavarsi e fare uno shampoo era andata in bagno e si era fatta una doccia aprendo al massimo l'acqua fredda. Una doccia fredda al mattino era per lei un'abitudine irrinunciabile. Aveva trovato anche un asciugacapelli così aveva potuto dare una forma aggraziata alla sua chioma, anche se poi aveva preferito raccogliere i capelli, un po' troppo biondi, in un fermaglio. Si era vestita ed era andata in cucina a cercare Natascia e un caffè. L'aveva trovata che sbucciava delle patate.

«Vedo che ti sei svegliata», le aveva detto la donna.

«Sì. Potrei avere un caffè?»

«Ce n'è pronto in quel pentolino. Puoi scaldartelo.»

«Grazie.»

«Tieni, qui c'è anche del pane», e le aveva passato un cestino con delle michette fresche e ben cotte.

«Natascia apprezzo il fatto che mi abbia dato quel numero ieri sera e appena fatta colazione chiamerò. Mi dovrebbe dire quanti soldi accettare perché non ne ho proprio idea.»

«Beh, offrono le cifre più svariate ma diciamo che meno di duecento euro a settimana più vitto e alloggio non devi accettare, altrimenti rovini il mercato alle altre.»

«Sono un sacco di soldi!»

«Certo. Cosa vuoi, qui alla gente che ha bisogno di curare gli anziani, costerebbe molto di più portarli in qualche struttura e sarebbero anche trattati con poca attenzione per cui pagano volentieri queste cifre. Non si sono mai resi conto che le donne dell'est avrebbero accettato anche per meno della metà! Cavoli loro. Adesso nessuno scende sotto la cifra che ti ho detto. Quanto italiano sai?»

«Pochissime parole», aveva ammesso.

«Allora l'appuntamento te lo fisso io.»

Natascia aveva tolto dalla tasca del grembiule un cellulare di ultima generazione e composto il numero. In italiano fluente aveva parlato con quella famiglia.

«Perfetto», le aveva detto chiusa la comunicazione, «ti aspettano alle cinque. Stanno vedendo altre donne ma li ho convinti a non decidere prima di averti conosciuta, perché tu sei bravissima.»

«Cosa dice, non ho mai fatto niente del genere!»

«Sì ma sei sveglia, probabilmente hai anche studiato e ti vesti con stile, insomma, non so perché ma il tuo portamento incute rispetto e questo è raro da trovare nelle donne che arrivano qui. Ora vediamo di imparare qualche frase che può esserti utile.»

«Perché fa tutto questo?»

«Perché il tuo primo mese di stipendio sarà mio e prima trovi prima io guadagno e mi lasci libero il letto per un'altra.»

Natascia le aveva insegnato come presentarsi e cosa raccontare di sé. Avrebbe dovuto affermare di essere arrivata già da un mese e che aveva accudito un'anziana in sostituzione di un'altra donna che aveva avuto problemi di famiglia e si era dovuta assentare per un periodo. Avrebbe anche dovuto fingere di aver rimandato la partenza per una città del sud a causa di quell'inatteso colloquio. Le sembrava assurdo dover mentire ma Natascia le aveva assicurato che in questo modo avrebbe potuto chiedere più soldi e avanzare maggiori pretese per i giorni di libertà eccetera. Le aveva spiegato che mezzi prendere e alle tre e mezzo del pomeriggio si era messa in viaggio. Ora mancavano pochi minuti alle cinque e lei si trovava di fronte a quel modernissimo citofono dove bisognava digitare dei numeri e suonare un tasto a campanella. Meglio i numeri, pensò, dover leggere i nomi in italiano sarebbe stato più difficile. Aveva respirato a fondo, composto il numero e pigiato il tasto per suonare.

«Si… Chi è?» La voce era femminile, gentile.

«Mi manda Natascia.»

«Prego salga. Sesto piano.»

Un frinire e il portone si era aperto.

Sesto, aveva detto sesto. Tolto dalla borsetta il suo piccolo vocabolario aveva cercato nella pagina dei numeri, primo, secondo, ecco sesto. In russo: è il numero sei!

Salita sull'ascensore, con un pizzico d'orgoglio, pigiò il tasto che indicava il sei.

***

La donna che le aveva aperto la porta era poco più bassa di lei, aveva una corporatura mediterranea, flessuosa ma tonica, doveva aver praticato molto sport.

I capelli castani un po' mossi e di media lunghezza incorniciavano un viso dai lineamenti delicati e gli occhi scuri, sotto i quali trasparivano piccole occhiaie di stanchezza e preoccupazione, avevano uno sguardo diretto e fermo. Le piacque subito.

Non riusciva a darle un'età. Doveva aver qualche anno meno di lei. Scoprì poi che erano coetanee.

«Buonasera. Entri la prego. Mi dia il suo soprabito.»

Dopo averlo appeso nell'armadio dell'ingresso l'aveva invitata a seguirla nella grande cucina dove un uomo anziano se ne stava seduto al tavolo con dei fogli pieni di appunti. Anch'egli nell'alzarsi per accoglierla le diede l'impressione di essere stato dedito ad attività fisiche. L'uomo si muoveva con fare atletico nonostante l'età avanzata. Guardava dritto negli occhi e aveva il fare di un signore. Gli piacque subito.

«Questo è Papà», disse la donna rivolgendosi a lei, e indirizzandosi a suo padre, «questa è la signora che stavamo aspettando.»

L'uomo le tese la mano, una stretta di mano ferma e gentile.

«Piacere, il mio nome è Vittorio, Vittorio Contini. E lei come si chiama?»

«Marika», disse, «mi chiamo Marika.»

La fece accomodare e anche la donna si presentò.

«Io sono Valeria ma tutti mi chiamano Valéry.»

«Faccio un caffè? O preferisce qualcos'altro?»

«Il caffè va bene», rispose Marika.

Intanto che Valeria si affaccendava nel prepararle il caffè,

Vittorio cominciò a porle domande. Da dove veniva, quale situazione famigliare aveva alle spalle, la sua esperienza nel curare gli anziani... Ogni tanto Valeria spariva lungo il corridoio.

Poi il profumo del caffè riempì l'aria.

«Papà scusa, adesso beviamo il caffè poi accompagno Marika a vedere la Mamma così avrà più chiara la situazione e potrete continuare la vostra conversazione.»

Lo servì in fini tazzine di porcellana e pose al centro del tavolo un piattino con piccoli biscotti fatti in casa.

Mentre bevevano, Valéry continuava a muoversi e preparava un altro piccolo vassoio con un succo di frutta e qualche altro biscottino. Da un "porta pastiglie" ne scelse alcune. Poi disse: «Marika, se ha finito, può venire con me così le presento la Mamma intanto che le do la merenda e i farmaci.»

Marika si alzò prontamente e la seguì lungo il corridoio.

La casa era grande. Subito dopo il salone c'era una stanza che sembrava quella di una clinica di lusso. Valéry entrò e appoggiato il vassoio su di un tavolino, un'antica scacchiera che fungeva da comodino, dov'era accesa una lampada da tavolo, abbassò le sbarre del letto e chinandosi pose un bacio leggero sulla fronte dell'anziana signora.

«Mamma...» e con dolcezza: «Mamma, svegliati. C'è la merenda.»

«Grazie Valéry», rispose l'anziana signora con un filo di voce, «ho proprio fame.»

A quel punto Valéry la aiutò a mettersi diritta abbracciandola e spostandola di peso, poi girò la manovella del letto e lo schienale si alzò portandola nella posizione seduta. Marika vide per la prima volta il viso di quella donna. I lineamenti bellissimi, la pelle scura come quella delle mulatte e due occhi verdi un po' velati, gentili e indagatori.

«Valéry, chi è questa persona? La conosco?»

«No Mamma, non la conosci. Ora te la presento» e accese la luce più grande.

«Si chiama Marika, è venuta a parlare con Papà e se vi piacete magari si fermerà per aiutarti un po'.»

Marika ai piedi del letto osservava la scena. Valéry aiutava sua madre a prendere i biscotti e a bere il succo e con esso le medicine. Terminata la piccola merenda la donna, allontanando il bicchiere con mano incerta, si rivolse alla figlia: «Valéry, devo fare pipì.»

«Bene, vado a prenderti la padella... O preferisci la comoda?»

«Prendimi la padella. Vorrei dormire ancora un po'. Posso?»

«Certo, Mamma, ma fra un'oretta ci alziamo. C'è un bel telefilm di Rex, e non vorrai perderlo!»

Valéry tornò con la padella e trovò Marika che aveva già abbassato l'altra sponda e insieme aiutarono la Mamma. Fu ancora Marika ad abbassare il letto e ad alzare le sponde.

Guardandola con affetto l'anziana disse: «Il mio nome è Marie Rose ma tutti mi chiamano Rose e, se resti, anche tu potrai chiamarmi così.» Chiuse gli occhi e si appisolò.

Fuori dalla stanza, prima di tornare in cucina, Valéry le espose la situazione: «La mia Mamma ha l'Alzheimer e ha anche subìto diversi interventi importanti. È una persona dolce e ha bisogno di essere accudita e trattata con amore. Prima di te ci sono state altre persone ma non avevano capito che questo per noi è determinante. In questo senso non c'è spazio per errori. Noi, al di là dell'apparenza, non siamo molto ricchi ma qui sicuramente oltre a un lavoro trovi una famiglia. So che non parli molto l'italiano e che fai fatica a capire. So anche che forse è la prima volta che fai questo lavoro ma sei una buona osservatrice e non ti manca la volontà d'imparare. Per quello che mi riguarda possiamo provare. Alla Mamma sei piaciuta. Ora spero che vi mettiate d'accordo tu e Papà sul compenso. Vieni. Questa sarebbe la tua camera.»

Valéry le fece vedere una stanza.

«Qui ho messo anche un computer nel caso volessi comunicare via internet con la tua famiglia.»

La stanza era grande, pulita e perfettamente arredata ed era dotata di un bagno con doccia, solo per lei. Non le sembrava vero di aver trovato in poco tempo una così buona sistemazione. Non doveva però perdere di vista anche il guadagno. Avrebbe chiesto quello che le aveva detto Natascia.

Mentre Marika, che si era accordata per fare dieci giorni di prova, ritornava alla casa di Natascia per recuperare i suoi pochi bagagli, in casa Contini, Valeria e Vittorio, stavano commentando quell'incontro.

«Cosa ne pensi di questa signora Valéry? A me sembra per bene e ha anche una bella presenza e un bel modo. Una fortuna essere riusciti a incontrarla prima che partisse per Roma per il lavoro che le aveva offerto l'altra famiglia!»

Valeria stava riflettendo sulla risposta da dare al padre.

Marika le era piaciuta ma era sicura non avesse raccontato tutta la verità. Ormai di queste donne in casa ad aiutare sua madre ne erano passate parecchie. Ognuna di loro aveva la propria storia da raccontare. Le prime volte lei, sempre ben pensante come il padre, le aveva prese come verità e si era dedicata ad aiutarle in tutto quello che le era stato possibile. Poi nella convivenza aveva appreso che si trattavano di bugie ben congeniate e utilizzate per ottenere sempre maggiori vantaggi. Per Valeria il fatto che Marika avesse in sospeso un lavoro a Roma, le era sembrata una di quelle. Infatti, la donna che aveva parlato con fatica e tono discorsivo della sua famiglia e delle motivazioni che l'avevano spinta a lasciare l'Ucraina, quando si era trattato di stringere i tempi per decidere la sua prova lavorativa aveva ostentato una sicurezza verbale e un atteggiamento completamente dissonante e parlato del fatto di dover rinunciare a un'altra opportunità, appunto, a Roma. Sembrava recitasse una parte imparata a memoria. Queste le sue considerazioni, comunque la donna sembrava provenisse da buona famiglia e i modi erano fermi ma educati.

Tutto sommato era il caso di provare. Rispose: «Sì, Papà, mi sembra una persona valida. Mi prenderò un paio di intere giornate da dedicarle per spiegarle tutte le necessità della Mamma. Vorrà dire che andrai tu in studio visto che Riccardo è a Torino per seguire la causa Giulieri. Ora vai a farle compagnia intanto vedo di preparare una cena per noi tre.»

Il padre si alzò dalla sedia e avvicinandosi alla figlia l'abbracciò: «Cosa farei senza di te bambina mia!»

«Dài, vai», si schernì Valeria timorosa di commuoversi troppo, «sono sempre io che non so cosa farei senza di te.»

Marika

Marika fece il percorso a ritroso per tornare a recuperare le sue cose. Quando arrivò si sorprese di trovarle già pronte vicino alla porta, ma non commentò. Si sedette e aspettò che fosse Natascia a parlare.

«Ho telefonato ai Contini e ho saputo che ti hanno preso. Così, poiché questa notte ci sarà un altro arrivo dalla Moldavia, ho radunato la tua roba. Potrai startene sulla poltrona in soggiorno, tanto domani mattina te ne vai. Se vuoi mangiare qualcosa sul fornello ci sono delle patate lesse ancora calde. A proposito, quanto danno?»

È proprio un'arpia. Pensò Marika.

«Duecento euro a settimana. Per ora sarà una prova di dieci giorni.»

«Beh, vedi di farti confermare. Quella è una buona famiglia e ricordati che il primo mese me lo devi, più i due giorni che sei stata qui… se rivuoi il tuo passaporto…»

Non poteva permettersi di ribattere.

Mangiò un paio di patate e andò sulla poltrona con il suo libro preferito *Guerra e Pace*. Lesse sino a che il sonno e la stanchezza non ebbero la meglio. Lì, scomodamente raggomitolata su quella poltrona trascorse la sua seconda notte in Italia, una notte che le sarebbe comunque costata dodici euro.

Valéry

Non erano ancora le sette del mattino che il telefono a casa Contini suonò rompendo il silenzio nel quale anche le mura si crogiolavano ancora. Rispose nel tempo che le era sembrato il più veloce possibile: all'inizio del terzo squillo. Il primo l'aveva destata, sul secondo si era girata portandosi dietro tutto, coperte e lenzuola, all'inizio del terzo la sua mano aveva contemporaneamente impugnato il cordless schiacciandone il tasto di risposta.

«Pronto...»

«Ciao sorella!»

«Ciao Riccardo.»

«Volevo sapere se avete trovato qualcuno all'altezza per curare la Mamma.»

«Credo di sì. Ieri pomeriggio, dopo una serie estenuante di colloqui che duravano ormai da tre giorni, si è presentata una tipa che potrebbe esser quella giusta. Staremo a vedere. Viene oggi per una prova di dieci giorni.»

«Speriamo in bene non solo per la Mamma, anche per te!»

«Sì, il mio lavoro ne sta soffrendo e anche Papà così preoccupato e triste non aiuta. Oggi mando lui in studio, io mi devo occupare dell'inserimento della nuova badante. Il caso Giulieri come va? Ce la fate a dimostrare che è stato lui?»

«Non sono proprio ottimista. Tanto bisognerà vedere se si presenterà all'udienza di oggi. Ti mando un bacio. Ora devo scappare altrimenti sarò io a non arrivare in tempo in tribunale.»

«Ok. Ciao Riccardo, ci sentiamo questa sera per i reciproci aggiornamenti.»

Chiusa la comunicazione Valéry cercò ancora un po' del tepore che il suo corpo aveva lasciato fra le trame delle coperte e si lasciò andare a un ripasso delle situazioni che avevano portato tutti loro in quello strano inatteso momento di vita.

Miami 2000

Nel duemila, erano passati solo un paio d'anni ma ormai le sembrava un'eternità, in occasione delle feste Natalizie era andata in Florida a giocare a Golf. Quindici giorni di vacanza praticando il suo sport preferito. Il lavoro non avrebbe sofferto per la sua assenza. Suo padre, avvocato molto affermato, aveva trasmesso a lei e suo fratello la passione per la giurisprudenza. Così dopo la laurea erano entrambi andati a lavorare nello studio del padre che divenne Studio Associato Contini. Si era appena chiuso un caso molto impegnativo, un processo penale, una causa per negligenza da parte di un'equipe chirurgica nei confronti di una donna morta in seguito alla dimenticanza di un ferro all'interno del suo utero dopo un intervento di asportazione. Il marito della donna, rimasto solo con due bambini, si era rivolto a loro per avere giustizia. Era stata dura. Combattere con le lobby della sanità e con le omertà e le connivenze delle stesse. Riccardo e lei non avevano mollato e alla fine avevano vinto ottenendo un risarcimento di seimilioni di euro, una radiazione dall'albo e un paio di detenzioni.

Una vacanza ci voleva.

Vittorio e la Mamma erano andati nella loro casetta di montagna. Sua madre amava l'inverno, la neve e la nebbia. Riccardo, amante dell'arte avrebbe passato gran parte del suo tempo al Louvre ad ammirare i suoi pittori preferiti.

Preparare i bagagli le dava sempre un senso di euforia, in questo caso poi, dover riempire la sua adorata "Samsonite" con indumenti leggeri era una vera goduria. Lei, al contrario di sua madre, non andava pazza per l'inverno, il freddo e i cappotti, amava poter camminare a piedi nudi o con delle infradito, indossare abitini estivi, magliette colorate e calzoncini e dove si stava recando questo sarebbe stato il suo corredo. La cosa più pesante, le scarpe da Golf ma indossarle su uno dei più bei campi della Florida non lo considerava di certo un sacrificio! Non era riuscita a prenotare un volo diretto, in quel periodo di vacanze natalizie erano tutti completi. Aveva trovato posto su di un TWA da Malpensa a New York delle sette e cinquanta del ventitré dicembre, poi un volo interno dell'American Airlines delle dieci e trenta l'avrebbe portata a destinazione al Beach Golf Club di Miami. Le rimanevano un paio d'ore da passare all'aeroporto J. F. Kennedy così aveva chiamato suo cugino Evans per un incontro veloce e uno scambio di regali.

Evans Contini era figlio del fratello di suo padre, zio Federico, che si era trasferito negli States alla fine del suo dottorato in Fisica. Uno di quei cervelli rubati al nostro paese. D'altronde là la ricerca aveva fondi da permettere a questi studiosi non solo di soddisfare le loro ambizioni di scoperta ma anche di avere compensi che garantivano un più che onorevole tenore di vita.

Per tutta l'infanzia e l'adolescenza lei, Riccardo ed Evans si erano ritrovati a trascorrere le vacanze estive nella villa al mare del nonno il quale trascorreva per lavoro gran parte dell'anno in Africa e quindi la lasciava a disposizione della famiglia.

Estati bellissime, indimenticabili. Giornate di sole, di bagni, di giochi. Ci si sfidava a tutto: a tennis, nuoto, pin pong, mini golf. E che pranzetti preparavano sua madre e la zia Patty! Lei ed Evans avevano solo un anno di differenza per cui, mentre i genitori passavano le serate a giocare a bridge o in qualche ristorantino della costa, avevano condiviso le prime serate in discoteca e le notti a suonare la chitarra alle stelle. Non erano solo cugini li univa un affetto e una complicità rara. Valeria aveva anche trascorso un intero anno in America a casa degli zii per perfezionare la lingua, che già parlava molto bene, un anno in cui aveva fatto del praticantato presso un famoso studio legale.

L'incontro con il cugino era un altro aspetto di questo viaggio che la riempiva di entusiasmo.

All'uscita del gate Valéry si sentì chiamare a gran voce: «Valéry, sono qui!» Vide Evans che agitava le braccia sopra la moltitudine umana che affollava l'aeroporto.

«Ciao cuginone. Che bello rivedersi! Sbrigati a raccontarmi tutto di te che non abbiamo molto tempo. Il prossimo volo parte fra un paio d'ore!»

Valéry aveva notato che alle spalle di Evans stava fermo un uomo alto che, se non fosse stato per l'abito dall'ottimo taglio, sarebbe potuto essere scambiato per un marine. Occhi azzurro ghiaccio, corporatura massiccia, capelli bianchi cortissimi. Avrà avuto una cinquantina d'anni portati benissimo.

«Oh, scusa Valéry», come le avesse letto nel pensiero, «ti presento Mark, un mio carissimo amico. Mark deve prendere il tuo stesso volo per Miami. Ho pensato di accompagnarlo e presentarvi così avrai un compagno di viaggio per la prossima tratta.»

Mark tese la mano per stringere quella di Valéry. A quel contatto Valéry provò una sensazione stranissima, come una scossa e si sentì rimescolare il sangue e, quasi a farle dispetto, il viso le si colorò di un bel rosa acceso, anche se la voce, fortunatamente, uscì ferma e non tremolante come le sue gambe divenute di gelatina.

«Piacere», disse, «gli amici di mio cugino sono miei amici!»

E pensò: che frase stupida da dire!

«Il piacere è mio. Evans mi aveva detto di avere una cugina italiana simpatica e carina ma non ero preparato a una tale visione!» Mark, divertito dalla situazione stava calcando la mano ma erano tutti e tre troppo intelligenti per non scoppiare a ridere e lasciarsi così alle spalle i momenti d'imbarazzo.

Di fronte ai soliti bicchieroni di caffè americano Valéry ed Evans si aggiornarono sulle rispettive famiglie, sulla loro vita e sugli imminenti progetti. Ogni tanto coinvolgevano Mark rendendolo partecipe di qualche aneddoto divertente. Il tempo volò.

«Signorina Valéry», disse Mark, «dobbiamo affrettarci altrimenti perdiamo il nostro volo.»

I regali furono scambiati intanto che il passo veloce li conduceva alla porta d'imbarco, sorpassata la quale Valéry si rese conto di essere al braccio di Mark, quest'uomo appena conosciuto ma che la conduceva come se già gli appartenesse.

Il bello era che non le dispiaceva per niente!

Forte, bello, sicuro, gentile. Più grande di lei ma di gran lunga più interessante di gran parte dei suoi coetanei di genere maschile.

Chiacchierare era stato facile. Lei si sentiva in vacanza e si comportava con leggerezza. Lui ne era affascinato. L'impressione che aveva avuto alla prima occhiata, che poteva trattarsi di un marine, non era stata poi tanto lontana dal vero. Mark era un colonnello delle forze armate e a Miami aveva un suo quartier generale.

L'amicizia con Evans era nata quando Mark aveva dovuto prendere contatto con lo zio Francesco per un progetto "Top Secret" al quale avrebbe dovuto lavorare in qualità di scienziato. Evans si occupava di tutt'altro, insegnava Storia dell'arte in un istituto privato molto esclusivo ma, poiché suo padre, lo zio Francesco, non aveva mai voluto prendere la patente, toccava a lui accompagnarlo agli incontri, diciamo, più delicati. Con Mark avevano subito scoperto di avere un interesse in comune: la passione per lo sci. Così si erano ritrovati spesso a organizzare delle splendide vacanze ad Aspen sulle montagne del Colorado dove si trovavano le più belle piste degli States.

«A me non piace la montagna», aveva tenuto a sottolineare Valéry e ora ricordava benissimo quello che Mark le aveva risposto in proposito: «È perché non la conosci. È perché nessuno ti ha mai insegnato ad amarla. Chissà, un domani magari, se me lo permetterai, potrei provarci io.»

Era nata la loro storia nella splendida incertezza data dalla diversità e dalla sfida allo spazio e al tempo. Diversi i luoghi dove vivevano, diversa la loro provenienza, diversi gli interessi, diversa l'età ma il senso di appartenenza fu immediato per entrambi.

Giunti a Miami, in aeroporto ad attenderli, per lei un addetto del Golf club, per lui un attendente.

Si erano lasciati con la promessa di rivedersi in quei giorni della sua permanenza.

Il campo era bellissimo e i green tenuti splendidamente. L'hotel elegante e la clientela di benestanti non risultava essere particolarmente noiosa, anzi.

Era presente un manipolo di simpatici giocatori professionisti rientrati da poco dall'aver partecipato all'Australian Open. Spesso la portavano con loro sul campo dando al suo handicap sette la possibilità di apprendere nuove malizie del gioco.

Mark non si era fatto sentire ed erano passati già dieci giorni. Ne restavano solo cinque e poi sarebbe ritornata a Milano. Cercava di non pensarci anche perché la cosa la indispettiva e non voleva rovinarsi la vacanza.

Godeva della compagnia del gruppo di professionisti, delle chiacchiere delle signore bene di Boston, allenava il suo inglese e gioiva delle giornate all'aria aperta. Verso sera non si negava una lunga nuotata in piscina e la sua pelle aveva perso quel verdognolo da cittadina e assunto un piacevole color ambrato.

Proprio alla fine di una di quelle intense giornate sportive rientrando in stanza suonò il telefono: «Signora Contini», era il portiere dell'albergo, «nella hall c'è un signore che chiede di lei. Il suo nome è Mark Parker.»

«Me lo passi, grazie.»

«Ciao Valéry. Scusa se non ti ho avvisata per tempo. Usciresti a cena con me? ... O hai già un altro impegno?»

Ci fu un attimo di silenzio. Valéry si sentiva contrariata per il fatto che dopo tutti quei giorni Mark si fosse presentato lì senza neppure telefonare prima, e quel "hai già un impegno" poi, meritava un ceffone! Ma perché provava tutto questo? Perché, perché avrebbe voluto che l'avesse chiamata prima, perché quell'uomo le interessava. Non doveva colpevolizzarlo. In fondo lui si era presentato e la stava invitando a uscire con educazione, e poi, si conoscevano appena, un amicizia che stava nascendo, doveva smetterla di farsi strane fantasie.

«Pronto, Valéry, ci sei?»

La voce di Mark l'aveva riportata alla realtà.

«Sì, scusa, mi si era arrotolato il filo del telefono.» Che cretina, era in America e lì forse i telefoni il filo non lo avevano mai avuto! «Dicevi?»

Mark si stava sbellicando dentro di sé ma riuscì a non farglielo capire.

«Ti avevo chiesto, sempre che tu non abbia altri impegni, se hai voglia di uscire a cena con me?»

«Certamente. Dove pensavi di portarmi? Così mi vesto in modo adeguato.»

Mark stava sorridendo. Quella ragazza italiana lo divertiva proprio!

«Infilati quello che vuoi. Ho in mente una serata informale. Fai con comodo. Io mi siedo al bar sulla terrazza a bere qualche cosa. Non sopporto tutta quest'aria condizionata.»

«Ok», rispose Valéry, «scendo fra venti minuti.»

Aveva indossato un vestito nero di jersey leggero con le spalline a fiocco bianche, le sue infradito preferite con un fiore bianco di seta a nascondere la "v" all'incrocio delle due liste di pelle lucida, una borsa a sacca anch'essa bianca e aveva preso con sé uno scialle multicolore di cotone fatto a uncinetto.

Una volta scesa si era fermata a osservare Mark dalla vetrata della hall. Se ne stava seduto sulla terrazza di fronte a un bicchierone di una bibita che dal colore poteva essere succo di ananas.

Era bellissimo.

La cosa che l'aveva divertita di più era stato vedere come le signore sedute agli altri tavolini gli lanciassero occhiate con noncuranza per poi commentare fra risolini l'avvenenza dell'uomo. Lui se ne era sicuramente accorto e sembrava che gonfiasse ancor di più i suoi pettorali ingrandendo anche le spalle. Sul volto un'espressione beffarda. Che tipo! Poi aveva aperto la porta.

«Ciao Mark. Eccomi. Sono pronta. Sufficientemente informale?»

Al suo arrivo era scattato in piedi tradendo la sua provenienza militaresca: «Se questo è il tuo "informale" non so cosa devo aspettarmi per una cena di gala! Sei perfetta. Ciao meraviglia di ragazza!»

Un leggero bacio sulla fronte che aveva sentito come un soffio di vento caldo scendere dall'uno e novanta di Mark al suo misero uno e sessanta!

«Andiamo. Voglio portarti a fare una passeggiata sul lungomare di Boca Raton poi, se ti va, andiamo a mangiare qualcosa al club nautico di Fort Lauderdale.»

***

Valéry si era rigirata fra le lenzuola, la sensazione del braccio di Mark a cingerle le spalle. Era ancora viva ma la percezione del suo corpo nudo, inerme, vagante in un mare di lacrime, aveva preso il soppravvento. E no. Per questi ricordi non c'era tempo. La mamma aspettava di essere accudita per la sua toilette del mattino. Bisognava lavarla, cambiarla e darle medicine e colazione. Tutto il resto poteva aspettare, soprattutto il doloroso ricordo di Mark.

Anche l'arrivo di Marika e il suo "addestramento" richiedeva la sua massima attenzione.

I particolari nella gestione di un ammalato, che stava scivolando nel baratro della demenza senile o Alzheimer che fosse, erano quelli che facevano la differenza.

Saltò fuori dal letto e si affacciò alla camera di sua madre: «Buongiorno Mamma. Sei sveglia?»

«Sì. Ma chi sei?» La voce sembrava giungere da lontano.

«Sono Valéry Mamma, la tua bambina.» Rispondeva sempre con voce soave e allegra, quasi questo domandare fosse un gioco fra loro ma il suo cuore era stretto nella morsa del dolore.

«Certo, la mia bambina...»

Valéry si avvicinò, alzò le tapparelle quel tanto che bastava per far entrare un po' di luce del giorno, le pose un bacio sulla fronte, gesto ormai divenuto consueto.

«Vado un attimo a lavarmi la faccia e torno da te così ci facciamo una bella colazione!»

«Fai in fretta. Non voglio più restare sola.»

Vittorio si stava già dando da fare in cucina. Preparava la colazione.

«Buongiorno Papà.»

«Ciao cara. Hai dormito bene?»

«Sì grazie. È tutto a posto. A che ora arriva Marika?»

«Dovrebbe essere qui a momenti.»

«Bene, perché vorrei lavare la Mamma con lei così vede cosa si deve fare al mattino.»

Marika

Marika aveva raccolto le sue quattro cose e indolenzita dalle ore passate a cercare di dormire in quella terribile poltrona dall'imbottitura inesistente era scesa di buon ora a prendere i mezzi che l'avrebbero condotta a casa Contini.

Si sarebbe chiusa volentieri alle spalle per sempre la porta di Natascia, ma il suo passaporto rimaneva lì sino a quando non avesse onorato il patto di darle il suo primo mese di stipendio. L'unica cosa che sperava ardentemente era che poi la storia dei ricatti finisse lì. Non si poteva mai sapere con certi personaggi.

Aveva trovato un autobus che faceva un percorso più lungo ma l'avrebbe portata a destinazione senza cambi e senza dover scaricare e caricare il suo borsone più volte. Vista l'ora, le sei del mattino, il mezzo era praticamente vuoto. Due o tre passeggeri, niente di più. Si era seduta vicino al finestrino e guardava fuori, distrattamente, ma nello scorgere un uomo alto, magro, con il bavero del soprabito alzato e il passo atletico, la sua mente, suo malgrado, tornò al passato.

San Pietroburgo 2000

Il rumore delle rotaie che correvano sotto le carrozze del treno che la stava portando a Pietroburgo, così ritmico, ripetitivo, conciliava il sonno e con la testa appoggiata alla paratia si concedeva qualche pisolino. Viaggiava sola e nello scompartimento non c'era nessuno. Ormai, dopo la caduta del regime, non erano in molti a potersi permettere viaggi così lunghi. Anche per lei lo sforzo economico per acquistare il biglietto era stato notevole ma, sua zia si era ammalata e l'unica in grado di raggiungerla per aiutarla era lei.

Aveva perso il suo lavoro di ricercatrice nell'ambito tecnologico e ora non riusciva più a trovare alcuna occupazione. Suo marito aveva trovato modo di riciclarsi con un lavoro al porto ma malgrado questo era caduto in una particolare depressione che sembrava aver contagiato tutto il genere maschile e passava l'intero suo tempo libero a bere vodka e a fumare buttato su un divano. Le loro due figlie erano a scuola tutto il giorno e la suocera, che viveva con loro, non faceva altro che brontolare.

La malattia della zia le concedeva l'opportunità di fuggire per un po' da quella situazione divenuta così abbruttente.

Tra un pisolino e l'altro non si era accorta che il treno avesse fatto una fermata e, aperti gli occhi, vide un uomo seduto nel sedile di fronte al suo.

L'uomo, vestito di un cappotto grigio pesante del quale aveva il bavero alzato, si rigirava fra le mani un cappello e la stava guardando, o meglio, sembrava scrutarla. Era un bel uomo. Sicuramente alto. Le sue gambe invadevano lo spazio fra le loro sedute e le sue ginocchia arrivavano quasi a toccare quelle di Marika. Magro. Il cappotto sembrava un po' troppo grande, quasi fosse in prestito. I lineamenti marcati, maschili, nel loro insieme costruivano un volto piacevole da vedere.

Dopo un bel po' di questo guardarsi, studiarsi a vicenda l'uomo allungò la mano per presentarsi.

«леди, signora, mi chiamo Dimitrij Alavjenko. Scusi se la stavo guardando così insistentemente ma lei è bellissima!»

Marika scoppiò a ridere. Nessuno le aveva più fatto un complimento così sfrontato da anni e quell'uomo sapeva come incantare!

«Piacere, sono Marika. La ringrazio ma temo che il tempo in cui sono stata "bellissima" come dice lei sia ormai trascorso, passato. In ogni caso la ringrazio, apprezzamenti così fanno ritornare la voglia di vivere.»

«Mi permetta», disse l'uomo, «di confutare questa sua affermazione, lei è ancora "bellissima" e veda di non scordarlo mai. Non si è belle e piacenti solo in virtù dell'età, la bellezza è qualcosa che aumenta con il tempo se la ben si coltiva e si accresce con lo spessore della nostra interiorità, del nostro vissuto. Lei di vissuto ne ha molto, lo si legge nelle piccole rughe intono alle sue labbra e questo è il vissuto doloroso, poi ci sono quelle intorno agli occhi e lì ci sono tutte le sue risate anche quella che mi ha sparata in faccia poco fa. Mi creda e mi scusi per la mia impertinenza.»

Le era simpatico. Le piaceva. Era impazzita? In fondo si trattava solo di uno sconosciuto. Però quello che diceva aveva del vero.

In un altro momento forse sarebbe potuta nascere un'amicizia da quello strano incontro.

«Io scendo qui. Grazie per la compagnia», disse Marika.

«A presto, mia Signora», rispose Dimitrij.

Lo aveva guardato perplessa: «Sarà difficile incontrarsi in una città così grande e popolata.»

«Meno di quello che crede. Le prometto che ci rincontreremo.»

La sua fermata.

***

La sua fermata, per raggiungere casa Contini. Doveva scendere e abbandonare i ricordi. Stava per iniziare una nuova vita.

Casa Contini

Davanti al portone con la sua grossa sacca su una spalla e la borsetta a tracolla contenente tutti i suoi beni più preziosi, le foto dei suoi cari, qualche soldo e l'agenda con i numeri di telefono più importanti, digitò con sicurezza il numero del citofono di casa Contini. Valéry rispose subito.

«Marika è lei?»

«Sì.»

Il portone si aprì. L'atrio era deserto. Marika salì sull'ascensore che ancora una volta sembrava aspettarla. La porta dell'appartamento era socchiusa. Sentì la voce di Valéry giungere dall'interno: «Marika, entri pure.»

Entrò e si rese subito conto che non era il momento dei convenevoli. Valéry si affacciò nel corridoio: «Metta le sue cose nella stanza che le ho fatto vedere ieri sera e mi raggiunga dalla Mamma. Per favore.»

Marika si affrettò a seguire le indicazioni ricevute.

Una volta nella stanza vide che Valéry aveva già preparato un catino con l'acqua calda, delle spugne, grossi asciugamani e la biancheria per cambiare la signora. C'era anche una scatoletta con dei guanti usa e getta.

Ne prese un paio e prima di infilarseli si avvicinò al letto.

«Buongiorno Signora. Ha dormito bene?»

«Sì grazie…», le rispose la donna. «…ma tu chi sei? Mi sembra di averti già vista…»

«Sono Marika e sono stata qui ieri sera a conoscerla e ora aiuterò sua figlia a lavarla e a farsi bella.»

«Valéry…»

«Si Mamma?»

«È proprio simpatica questa "Marika". Su ragazze, datevi da fare che ho voglia di fare colazione!»

Valéry e Marika si guardarono divertite e iniziarono insieme il rito del mattino.

Bisognava procedere secondo uno schema ben preciso.

Spogliarla degli indumenti zuppi delle urine della notte; lavarla con le spugne impregnate di un detersivo medico disinfettante; asciugarla con cura; metterle la crema per le irritazioni e vestirla con indumenti di cotone a contatto con la pelle e sopra un pigiama pesante da casa.

Faticoso con una persona che non era in grado di aiutarsi più di tanto, ma Valéry sapeva come muoversi e Marika imparò subito imitandone i gesti.

Poi le fece vedere come spostarla dal letto alla sedia a rotelle e sulla sedia andare in bagno dove, una volta avvicinata al lavandino, l'anziana signora si lavò i denti da sola. Era una delle poche cose che ancora riusciva a fare. Un'azione che le dava l'illusione di aver provveduto lei stessa alla sua toilette del mattino!

«Ora ragazze me la date la colazione?» E le guardò entrambe con quegli enormi occhi verdi imploranti e birichini.

«Certo Mamma, andiamo in cucina.»

Valéry manovrò abilmente la sedia a rotelle nel piccolo spazio del bagno e la condusse al tavolo della cucina.

«Marika, osservi. In questo pensile ci sono: caffè, orzo, the, tisane, zucchero eccetera; in quest'altro: caffettiere, teiere, pentolini. Sulla mensola le scatole dei biscotti, fette biscottate, miele e marmellate. In questa scatola i medicinali. L'elenco e gli orari per assumerli è appeso a quella lavagna. Per evitare errori qui c'è una scatoletta con dei separatori e io preferisco venga preparata alla sera per il giorno dopo. La Mamma al mattino prende una tisana di malva e delle fette biscottate con il miele, se poi vuole qualche biscotto, lo può mangiare.»

Intanto che parlava preparava per sua madre la quale attendeva paziente. E sottovoce: «Le cade spesso del cibo ma voglio che mangi da sola. In questo cassetto ci sono delle grosse bavagline da ristorante.»

Ne prese una con sopra disegnato un frak con tanto di farfallino e la legò intorno al collo della madre.

«Marika, avrebbe voglia di fare un caffè per noi?»

«Lo preparo subito.»

Ma, con la coda dell'occhio guardava questa figlia che amorevolmente cercava di far divertire sua madre con buffi racconti, distraendola dal pasticcio che stava combinando con il cibo. Quale strazio doveva nascondere nell'animo Valéry! Le occhiaie che le aveva visto il giorno prima avevano trovato la loro giustificazione. Ed era solo mattino!

Vittorio, prima di andare in studio, passò dalla cucina a salutare Valéry e lei e non mancò di posare un bacio affettuoso sulla fronte della moglie. Da quando Rose si era ammalata preferiva rimanere a casa e aveva lasciato ai suoi figli, Valéry e Riccardo, il compito di seguire lo studio legale di famiglia. Ambedue erano ottimi avvocati, per di più avevano l'intelligenza, l'umiltà e il buon senso, di attingere alla sua esperienza ogni qual volta fosse necessario. Da casa quindi continuava a seguire i casi in corso per cui l'andare in studio un paio di giorni non l'avrebbe messo in imbarazzo.

Il caso "Giulieri" che stava seguendo Riccardo a Torino era alquanto complesso. Forse spulciando le copie degli atti avrebbe potuto trovare l'appiglio per qualche cavillo per impostare al meglio la causa.

Per Valéry quelle giornate volte a insegnare a Marika tutto quello di cui aveva bisogno sua madre, si presentavano veramente provanti. Non tanto per le azioni da svolgere che, con un po' di pratica, potevano essere affrontate abilmente, quanto per l'atteggiamento di gentilezza, disponibilità e amore indispensabile per garantire serenità alla mente vacillante della sua Mamma.

Marika, dal canto suo, era rimasta colpita da questa figlia così amorevole ma al tempo stesso determinata, essenziale, precisa. La signora poi era di una dolcezza incredibile. Doveva essere stata una donna eccezionale.

Voleva questo lavoro e non sarebbe stato poi così difficile assumere un atteggiamento affettuoso. La signora, così buona, docile, indifesa, ti invogliava ad esserlo.

***

I giorni che Valéry aveva dedicato all'inserimento di Marika erano trascorsi troppo veloci e ora doveva tornare al lavoro.

Riccardo le aveva telefonato la sera prima chiedendole di fare un'ulteriore ricerca e approfondimento su alcuni dei personaggi implicati nel caso "Giulieri". Quella mattina avrebbe parlato con l'investigatore che lavorava per loro per spiegargli cosa avrebbe dovuto fare.

Bussò alla camera di Marika per le ultime istruzioni, ma lei non era già più lì. Il profumo del caffè proveniente dalla cucina le fece comprendere che la donna aveva già preso in mano la situazione.

Ne era felice ma non poteva non sentirsi un poco defraudata.

Avvicinandosi alla cucina percepì un chiacchiericcio.

Vittorio e Marika stavano conversando, o meglio, leggevano il giornale!!!

***

Una volta arrivata in studio trovò sulla sua scrivania tutti gli incartamenti relativi al caso "Giulieri" suddivisi nella ferrea logica di suo padre.

Su ogni cartella un post-it con una nota della pagina e della riga che Vittorio aveva ritenuto importante rivedere per trovare qualche "escamotage" che aiutasse a districare il bandolo di quella aggrovigliata matassa d'informazioni e dichiarazioni al fine di provare la frode fatta nei confronti del povero Giulieri.

"Il caso Giulieri"

Negli anni sessanta il boom dell'automobile dettava legge nei mercati d'Europa. Ford in America aveva fatto scuola, in Italia la Fiat.

Ogni famiglia ormai possedeva o si impegnava a ottenere la sua automobile. L'economia girava intorno a questo bene.

Grandi fabbriche, migliaia di posti di lavoro, piccoli e medi artigiani che producevano accessori, dalle piccole viti ai rivestimenti degli interni, bulloni, cerchioni, specchietti retrovisori, insomma un grande fermento commerciale.

Dell'automobile sembrava nessuno potesse più fare a meno.

Nel millenovecentosettanta Federico aveva poco più di sedici anni e frequentava il liceo scientifico G. Ferraris a Torino, mentre suo padre, Carlo Giulieri, dirigeva la "Giulieri Radica Cruscotti". L'attività, come del resto si capiva chiaramente dal nome della società, consisteva nel produrre cruscotti in radica per auto di lusso. Si avvalevano della produzione della "Giulieri Radica Cruscotti" case automobilistiche come Jaguar, Bentley, Mercedes e ora anche la Fiat che dopo l'acquisizione del marchio Lancia, con la sua Fulvia Coupé disegnata da Castagnero su ispirazione del motoscafo Riva, aveva dato loro una commessa molto interessante. Per la Giulieri in quegli anni lavoravano un centinaio di persone, artigiani del legno che Carlo chiamava "i miei artisti". Carlo era considerato da tutti una brava persona. Proveniva da una famiglia semplice, sua madre e suo padre erano stati insegnanti elementari e lo avevano continuamente spronato allo studio nel quale Carlo si era sempre distinto con ottimi voti. Quando alla fine del liceo aveva mostrato loro il desiderio di studiare ingegneria l'avevano incoraggiato sostenendolo con i loro pochi risparmi. Purtroppo il percorso di studio era stato interrotto dallo scoppio della seconda guerra mondiale e Carlo si era ritrovato a guidare prima i mezzi pesanti dell'esercito e in seguito, vista la sua abilità e la sua preparazione scolastica, la sua educazione e il suo riserbo, le auto di stato che trasportavano generali e politici. Fu proprio durante quel periodo che prese forma il suo sogno. Così al termine del conflitto e senza indugio aprì la "Giulieri Radica Cruscotti Srl". Assunse una decina di artigiani e grazie alle conoscenze fatte durante la guerra trasportando passeggeri che provenivano quasi sempre dall'alta società, gli ordini cominciarono ad arrivare copiosi ed economicamente gratificanti e in breve gli operai da dieci divennero cento.

Per tenere l'amministrazione aveva assunto una ragazza. Anna Loversi, che oltre a essere un abile e attenta contabile era anche molto carina.

Carlo e Anna si sposarono nel cinquantaquattro e dal loro matrimonio nacque Federico. Federico Giulieri che al temine dell'università, conseguita la laurea in ingegneria chimica, aveva brevettato il cruscotto in policarbonio alleggerito allargando gli orizzonti dell'impresa del padre.

I dipendenti divennero più di mille e il capannone una fabbrica con le sue catene di produzione. Il nome dell'impresa cambiò trasformandosi in "Giulieri Auto Cruscotti SpA". Non che la realizzazione di parti in radica fosse finita, i cruscotti continuavano a essere prodotti per la Rolls-Royce, per la quale lavoravano in esclusiva, per le timonerie delle barche più prestigiose e per gli aerei privati Cessna con il loro tavolino King-Air ma, con il nuovo brevetto di Federico la "Giulieri Auto Cruscotti SpA" era diventata un colosso finanziario superando di gran lunga tutte le più ambiziose aspettative di Carlo.

Nel duemila Carlo e Anna, ormai vicini agli ottant'anni, presero la decisione di ritirarsi nella loro villetta a San Remo per godersi, dopo tanto lavoro, gli ultimi anni in una località di mare con un clima più adatto alla loro età. A Federico passarono in toto le redini dell'azienda.

***

La rilettura di tutti gli incartamenti del "Caso Giulieri" l'aveva proprio stancata. Aveva chiamato Cristiano Bosi l'investigatore di cui si avvaleva per completare le sue ricerche ed evitare di trovarsi in causa di fronte al giudice con qualche sorpresa. Colpi di scena apprezzati nei telefilm e nei romanzi alla Camilleri ma assolutamente controproducenti nella vita reale.

La C.B. Investigazioni le aveva sempre evitato figuracce. Nello specifico, voleva sapere qualche cosa di più della vita privata del bellimbusto che era riuscito a rivendere il brevetto dei cruscotti all'azienda Giapponese che stava portando via le commesse alla "Giulieri Auto Cruscotti".

Si stropicciò gli occhi, chiuse il portatile e guardò il suo piccolo orologio da polso.

Glielo aveva regalato Mark come premio per la sua prima discesa con lui sulle piste di Aspen.

I ricordi continuavano ad assalirla.

Si lasciò cadere all'indietro appoggiandosi con tutto il peso del corpo allo schienale della sua splendida poltrona da scrivania e ci si spalmò diventandone un tutt'uno mentre nella mente cominciarono a susseguirsi i fotogrammi dei giorni felici trascorsi con Mark.

Miami 2000

La sua vacanza invernale era finita. Le ultime giornate le aveva trascorse giocando a Golf e godendo dei miglioramenti ottenuti grazie ai consigli dei professionisti. Ora riusciva a imprimere un po' di effetto al suo legno uno e il ferro sette aveva guadagnato una ventina di metri, il put era più sicuro. Cosa non fa esercitarsi con i migliori! Ma la cosa più bella erano state le serate con Mark. Passeggiate al chiaro di luna e cenette speciali. Con lui si sentiva serena e ormai aveva accettato il fatto di esserne attratta. Scherzavano, si prendevano in giro, si raccontavano e sì, si baciavano, ma non erano mai andati oltre.

Non aveva potuto accompagnarla in aeroporto il giorno della sua partenza ma la stessa mattina le aveva fatto trovare alla reception una busta con un biglietto aereo, un open Linate-Aspen accompagnato da un messaggio: *"Meglio la prima settimana di marzo e, ti insegnerò ad amarla. Chiamami appena sarai a Milano. Mark."*

***

Si sforzò di tornare alla realtà. A casa, anche con la sua strana percezione del tempo, sua mamma l'aspettava.

Infilò il cappotto e, spente le luci, chiuse l'ufficio.

Era pronta a tuffarsi nell'altra parte della sua giornata, in quel fatuo fremito di vita per il quale lottava con tutte le fibre del suo essere.

Casa Contini

La signora era ben accomodata fra morbidi cuscini su una poltrona del salone e guardava il suo telefilm preferito. Se riuscisse a seguirne la trama non era ben chiaro, sicuramente i suoi occhi brillavano di gioia ogni volta che sullo schermo il grosso cane lupo si prodigava nei suoi giochi e operazioni da detective e Marika si concesse di pensare ancora a Dimitrij e a come si erano effettivamente rincontrati.

San Pietroburgo 2000

La sua vecchia zia, quella che era andata a curare a San Pietroburgo, viveva in un modesto piccolo appartamento nella zona della città vicino al Teatro Accademico Statale d'Opera e di Balletto di Mussorgsky.

L'appartamento e un piccolo vitalizio le era stato riconosciuto dal Governo, concessione rara ma non inusuale per un'artista di così grande talento quale lei era stata. Una cantante d'opera che aveva dato alla Russia la sua voce e la sua vita, prima come superba interprete, poi come insegnante.

Quando Marika era arrivata da lei l'aveva trovata proprio male. Pallida, con una tosse profonda e con una voce tremula. Un medico le aveva prescritto dei medicinali ma probabilmente, o lei non li aveva presi, o non erano adatti alla sua malattia. Le aveva rassettato la casa e cercava di cucinarle cibi caldi e sostanziosi. I soldi a disposizione erano proprio pochi di conseguenza Marika tutte le mattine si faceva una lunga camminata per raggiungere un mercato dove si riuscivano a trovare ortaggi e qualche pezzo di maiale a buon prezzo.

Quel giorno aveva già fatto quasi tutto il giro comperando patate, carote, cavolo... una borsa pesante che aveva appoggiato a terra intanto che si stava facendo incartare qualche uovo. Sentì qualcuno che stava prendendo la sua spesa e si affrettò per toglierglie la dalle mani: «La lasci, è roba mia!»

Ma l'uomo che la stava guardando con la sua sporta in mano sorrideva. Era Dimitrij!

«Volevo solo aiutarla, mia bella Signora!»

«Siete voi!!!»

«Sì, sono Dimitrij. Ha visto che anche in una città così grande e abitata non è poi stato impossibile trovarla? Su, venga andiamo a bere qualcosa di caldo.»

«È gentile ed è un piacere averla incontrata ma devo tornare subito da questa parente, sa, è molto malata.»

«Non saranno dieci minuti a cambiare la situazione», disse scherzosamente l'uomo, e più seriamente: «...o probabilmente sì.»

«Sono al corrente di molte più cose di quelle che lei possa pensare. Parliamone in un posto caldo.»

L'aveva presa sottobraccio. Si era fatto carico delle sue spese e l'aveva condotta in un caffè poco lontano.

Il posto era un po' squallido e Dimitrij le aveva detto: «Qui forse è meglio bere una Vodka almeno l'alcool oltre a scaldarci brucerà anche un po' di microbi. Va bene anche per lei Marika?»

«Va bene.» Era intirizzita e per di più non capiva cosa stesse succedendo.

Dimitrij la guardò negli occhi e poi le prese le mani ancora inguantate che aveva appoggiato sul tavolo e lei gli aveva domandato: «Come hai fatto a trovarmi?»

«È proprio di questo che volevo parlarti. Sono della polizia precisamente di un corpo investigativo e dopo aver letto il tuo nome sul cartellino del bagaglio non ho resistito e ho fatto una ricerca. So tutto di te e della "compagna" Katjuscha, tua zia, la cantante e della sua situazione di salute. Mi piaci Marika. Mi sei piaciuta subito appena ti ho vista sul treno e vorrei aiutarvi. Permettimi di farlo. Potrò mandare un buon medico e fare in modo che abbiate medicine e forse anche del cibo migliore. Ti prego non dire di no.»

Marika pensava velocemente. L'offerta era allettante, irrinunciabile. Dimitrij le piaceva ma lei non si voleva barattare. Lui le aveva letto nel pensiero.

"Non ti chiederò nulla in cambio se non la possibilità di conoscerti meglio. Ma non vorrò mai niente che tu non voglia darmi.» Lei sapeva già che gli avrebbe dato tutto. Il contatto con le sue mani, anche attraverso i guanti, le aveva fatto provare sensazioni ormai perse nel tempo.

"Grazie Dimitrij. Accetto.»

Si era alzato, aveva pagato le Vodka e l'aveva presa sottobraccio caricandosi nuovamente delle sue spese.

L'aveva accompagnata a casa commentando scherzosamente il loro incontro e il loro patto.

***

«Marika!» ...qualcuno la stava chiamando, qualcuno la stava riportando alla realtà.

Casa Contini

«Marika!» ...la voce di una donna, il campanello della porta...

«Marika!»

Valéry, Valeria Contini. Era lei. La sua nuova datrice di lavoro. Mio Dio! Si alzò e si precipitò ad aprirle la porta.

«Marika, accidenti, dove era finita? Mi dia una mano che temo di far cadere tutto e fare qualche danno!»

Valéry era piena di borse della spesa, di vari pacchettini e stava cercando di non far cadere una bottiglia che si era infilata sotto il braccio. Le prese la bottiglia e qualche sacchetto. Entrambe entrarono e appoggiarono tutto sul tavolo della cucina.

«Come è andata oggi con la Mamma?» Le chiese intanto che si sfilava il soprabito.

«È stata tranquilla. Ha mangiato tutto e ora si è addormentata davanti alla televisione.»

«Bene.»

«Guarda cosa le ho comperato.»

Valéry prese un pacchetto e lo aprì da un lato e le fece dare una sbirciatina. Dentro c'era un gattino di peluche bianco.

«Sai le piacciono tanto e io glieli ho sempre regalati. A volte quando non è molto presente li uso per comunicare con lei. Le piacciono anche le sorprese e rompere la carta dei pacchetti strappandola come fanno i bambini! Vieni che andiamo a portarglielo.»

La signora dormicchiava ma, non appena percepita la presenza della figlia aveva aperto i suoi occhi verdi un po' opachi che cominciarono subito a brillare alla vista del pacchetto.

«Ciao Mamma.»

«Ciao», aveva risposto affettuosamente e tutto il suo essere sembrava proteso verso quel regalo che la figlia aveva fra le mani. E Valéry glielo porse.

«Tieni Mamma, è per te. Dài, aprilo.»

La donna tendeva le braccia tremanti e non si poteva distinguere se fosse per la malattia o l'emozione.

Ruppe la carta che avvolgeva il suo dono, la sua sorpresa e, quando il candido gattino venne alla luce, la felicità le sprizzò da tutti i pori: «Bello, bello! Come lo chiamiamo?» Intanto lo accarezzava e se lo strofinava sul viso.

«Non so», disse Valéry lasciandole il tempo di ripescare nella memoria il nome di qualche gatto al quale era stata affezionata in passato.

«Pucci, sì Pucci. È proprio lui. È tornato!»

Marika non avrebbe mai immaginato che si potessero escogitare così tanti modi per dare felicità a un ammalato.

«Marika, sa dov'è mio Padre?»

«Ha detto che andava al circolo e che se non avevamo bisogno di lui si sarebbe fermato a cena con gli amici. Ha detto che chiamerà alle otto per sapere se va bene.»

Marika leggeva il messaggio lasciato da Vittorio. Anzi traduceva il messaggio che si era appuntato in cirillico. Valéry ne sorrise. Quella donna era proprio in gamba e suo padre doveva averne già molta fiducia per decidere di prendersi una serata libera dopo tanto tempo.

Più tardi quando Vittorio chiamò, Valéry lo tranquillizzò e lo spronò ad approfittare della serata con gli amici minacciandolo scherzosamente di chiuderlo fuori di casa se si fosse presentato prima della mezzanotte.

***

Erano trascorsi i giorni di prova e Marika era stata confermata. Nel loro accordo le erano state concesse un paio d'ore pomeridiane per una passeggiata e il disbrigo di qualche commissione personale e la domenica l'avrebbe avuta completamente libera. Quando nel pomeriggio Marika usciva era Vittorio a occuparsi di sua moglie, che del resto dormiva per quasi tutto il tempo, mentre la domenica veniva un'altra signora, un'infermiera specializzata.

Marika aveva atteso tutte le aspettative dei Contini così che, se anche la situazione di salute di Rose continuava lentamente a peggiorare, sia Vittorio che Valéry erano riusciti a ritrovare un ritmo di vita più umano.

Vittorio si concedeva qualche serata al circolo con gli amici, Valeria lavorava più serenamente e riusciva a programmarsi le vertenze incastrandole con abilità così che in una mattinata in tribunale riusciva a chiuderne anche tre o quattro.

Togliersi gli arretrati le dava sollievo, a breve avrebbe dovuto anche lei raggiungere Riccardo a Torino per il "Caso Giulieri" e proprio quella mattina aveva appuntamento con Cristiano Bosi della "C.B. Investigazioni".

Si erano sentiti il giorno prima e lui le aveva preannunciato una sorpresa. Non si era sbilanciato.

Non amava parlare al telefono delle indagini. Da bravo investigatore considerava sempre l'eventualità che le sue telefonate potessero essere intercettate.

L'appuntamento lo avevano fissato per mezzogiorno.

L'idea era di pranzare insieme dopo aver visionato i nuovi elementi raccolti dall'investigazione di Cristiano.

Cristiano era amico di suo fratello Riccardo. Si erano conosciuti durante il servizio di leva. Anche Cristiano allora studiava Giurisprudenza ma la sua passione erano le arti marziali e l'azione ed ad un certo punto decise di lasciare gli studi ed aprire la "C.B. Investigazioni". Non aveva mai rimpianto la sua scelta. Aveva talento per l'investigazione, un vero mastino. Riusciva sempre a scoprire quel particolare che lo portava dritto su piste inimmaginabili e quasi sempre a sviscerare il vero nocciolo della situazione.

Anche questa volta era soddisfatto di sé.

In suo possesso informazioni che avrebbero ribaltato completamente il contesto, le condizioni che avevano dato vita al "Caso Giulieri". Prevedeva un gran lavoro di revisione per i suoi amici Valeria e Riccardo ma sapeva che ce l'avrebbero fatta e soprattutto che avrebbero salvato la "Giulieri Cruscotti" dal fallimento. Era convinto che ci sarebbe stata la possibilità di far rientrare anche gran parte del capitale, il maltolto.

In studio

Valeria stava tornando a passo svelto dal tribunale.

Lo sfratto che stava seguendo era diventato uno stillicidio, non solo per la sua cliente ma anche per lei. Non c'era udienza che non presentasse un nuovo problema. Oggi poi, dopo aver sopportato tutti i ritardi, era stato proprio il giudice a rimandare a causa di un suo malessere improvviso.

Se ne sarebbe riparlato fra altri due mesi!

Vide in lontananza Cristiano che l'aspettava al portone del palazzo dove aveva lo studio.

«Ciao Cristiano», disse quasi urlando e agitando la mano in segno di saluto.

Lui le andò incontro.

«Ciao Valeria!» E avvicinandola le alleggerì della pesante borsa di pelle piena degli incartamenti che le erano serviti in tribunale.

«Scusa Cristiano, sono in ritardo.»

«Non c'è problema, però sono affamato. Cosa ne dici di lasciare tutto nel tuo ufficio e prima di affrontare l'argomento Giulieri andare a pranzo?»

«Mi sembra un'idea magnifica. Hanno aperto un nuovo posticino dove ti propongono una quantità di verdurine cotte e crude che solo a pensarci mi viene l'acquolina...»

«E allora vada per questa scorpacciata!» La canzonò Cristiano.

Durante la loro colazione parlarono molto raccontandosi di tutto quello che stava capitando nelle loro vite.

Cristiano le raccontò della sua nuova innamorata, un'insegnante di aerobica che aveva conosciuto in una palestra dove aveva tenuto uno stage di autodifesa per donne. Con Giovanna, che era capo istruttori in quella palestra e aveva partecipato al corso, essendo la sua referente per tutti gli aspetti organizzativi, avevano avuto necessità di incontrarsi più volte. All'inizio una simpatia che, senza che se ne accorgessero, si era trasformata in un sentimento più profondo e ora si frequentavano giocando la parte dei fidanzatini, cosa che lo divertiva moltissimo. Una ragazza sportiva e intelligente che aveva subito compreso la necessità di lasciarlo libero e non fargli domande. Altro pregio. Si trovavano, quando gli impegni di entrambi lo permettevano, per una scalata in montagna o per un immersione alle quali seguivano sempre delle ottime cenette nei locali caratteristici delle località dove si erano recati. Giovanna era anche una buona forchetta e questo aspetto in una donna gli risultava particolarmente gradito. Non avevano un letto fisso, dormivano insieme dove e quando capitava.

Insomma, la compagna perfetta per lui.

Valéry invece lo aveva aggiornato sulla situazione a casa raccontandogli della nuova badante e di come finalmente avessero trovato una donna in gamba, colta e con l'intelligenza di capire la necessità di usare la massima dolcezza con Rose. Entrambi si erano astenuti dal parlare di Mark.

La sua sparizione era argomento tabù per Valeria.

Non avevano discusso di lavoro. Non lo facevano mai quando decidevano di pranzare insieme ma una volta rientrati in studio Valeria cominciò a dimostrare la sua impazienza.

«Allora, vuoi dirmi cosa hai scoperto? Dalle tue anticipazioni non so cosa aspettarmi.»

«Direi che ti devi aspettare una bella sorpresa. Partiamo dall'inizio, dal giorno in cui mi hai chiesto di indagare più a fondo sulle persone coinvolte nel caso "Giulieri". Il direttore generale della fabbrica di Torino, Luigi Nava, è la persona ritenuta responsabile della vendita ai Giapponesi del brevetto dei cruscotti in policarbonio alleggerito ed è da lui che ho pensato dovesse partire la mia ricerca. Uscito dal tuo studio sono passato a casa a prendere un cambio e sono partito per Torino. Ho trovato una pensione nel quartiere dove abita il Nava con tutta l'intenzione di pedinarlo per qualche giorno. Sono stato più fortunato del previsto. La sera stessa, anche se ormai era passata la mezzanotte, sono uscito a fare due passi e l'ho visto che saliva sulla sua Bmw. Passava un taxi e l'ho preso al volo. Si è diretto sulle colline ed è entrato in una villa con tanto di parco. Sono sceso poco più avanti e ritornato a piedi verso il cancello di quella casa scoprendo che il nome sul campanello era Umberto Nava. Umberto è il fratello del nostro direttore. Si è fermato sino alle quattro del mattino. Quando è uscito la luce interna dell'abitacolo della sua vettura non si era ancora spenta così ho potuto vedere il suo volto tirato e livido di rabbia. Devo dire che se non fosse passato il furgone della consegna dei giornali, l'autista del quale mi ha dato un passaggio, non so proprio come me la sarei cavata a tornare in città.»

«Quindi? Come entra nella storia questo fratello?» Chiese Valéry.

«Cerca di avere un attimo di pazienza. La storia è complessa.

Umberto è straricco perché ha sposato un' ereditiera che gli ha anche fatto la cortesia di morire giovane lasciando lui e il figlio, Davide è il nome del ragazzo, in un'agiatezza esagerata. Davide personaggio dissoluto e dedito a tutti i vizi possibili, la cocaina fra i preferiti. Laureato in scienze informatiche, un piccolo genio dei computer. Del nipote però il Nava conosceva solo i pregi, per cui una volta laureato in ingegneria informatica gli fece ottenere un contratto di consulenza con la "Giulieri Cruscotti". Davide avrebbe dovuto rivedere e ottimizzare tutta la parte informatica dell'azienda, un lavoro che eseguì egregiamente nel tempo previsto di un anno. Chiaramente per fare questo ebbe accesso a tutti i dati sensibili e non. Abbiamo detto "bravo" ma il nostro ragazzo è più che bravo è quello che si definisce un "hacker"! Deve aver installato uno "spyware" e inviato direttamente i brevetti al suo acquirente in Giappone, cancellando tutte le prove dal sistema. Su questo punto ho qualche riserva. Di “hackers” nel mondo ormai ce ne sono di veramente temibili e ho le conoscenze necessarie per recuperarne uno che potrebbe trovare le tracce di questa operazione. Terminato il lavoretto il nostro Davide se l’è filata in Australia. Arrivati a questo punto il fatto che il nostro direttore si stia accollando tutte le responsabilità non mi era del tutto chiaro. Va bene la parentela ma… Sono andato a scavare più a fondo scoprendo che questo ragazzo non è figlio del fratello Umberto e della sua ereditiera ma di una scappatella della signora. Indovina con chi?»

«Fai meglio a dirmelo tu, anche se mi sto facendo un’idea…» disse Valeria.

«Esatto. Davide è figlio di Luigi Nava!»

«Ma che casino! Scusa il termine…» esclamò Valeria.

«Ancor peggio. Credo che Umberto lo sappia e che gliela stia facendo pagare negandogli l’aiuto necessario per mettersi in contatto con il ragazzo. Solo parlando con Davide, cercando di farlo ragionare, potrebbe trovare un modo per riscattarsi. Alla luce di questi nuovi elementi credo tu debba sentire Riccardo. Magari il Giulieri è disposto a ritirare la denuncia e a trovare un’altra strada. Se volete il ragazzo vado io a ripescarlo in Australia.»

Cristiano porse a Valéry la cartelletta con il suo rapporto. Aveva un aria soddisfatta.

«Come sempre hai fatto un ottimo lavoro e in questo caso l’esito delle tue indagini ribalta la situazione. Sentirò Riccardo e poi ti farò sapere come Federico Giulieri deciderà di procedere. Per ora ti ringrazio.» Nel salutarlo gli porse la busta contenente il suo compenso. L’amicizia era una cosa ma del valore del lavoro i Contini avevano sempre avuto rispetto dimostrandolo con la precisione nel pagare i loro collaboratori.

«Sono io a ringraziare te Valeria. Lavorare per il vostro studio è sempre stimolante. A volte mi fate sentire come un detective di un film americano!»

«Smettila di prendermi in giro! Non dovevi andare in palestra ad allenarti?»

«Ok. Ok. Me ne vado…» disse Cristiano stampandosi sul volto un’espressione affranta e contrita.

Valéry si alzò sorridendo di quella sceneggiata e si salutarono con un abbraccio.

Una volta sola lesse la relazione di Cristiano e le sue considerazioni poi, prese il telefono e chiamò Riccardo.

«Ciao fratello. Ci sono novità. Cristiano ha fatto scoperte interessanti.» Gli raccontò tutto quello che aveva appreso per filo e per segno sugli inaspettati risvolti del "Caso Giulieri".

«Accidenti!» Rispose Riccardo.

«Mandami per fax il rapporto di Cristiano. Fisso un appuntamento con Giulieri e vediamo come decide di muoversi.»

«Perfetto. Ti invio il fax. Fammi sapere non appena avrete preso una decisione. Ciao Riccardo.»

«Ciao Valéry. Saluta Papà e dai un bacio alla Mamma. Ci sentiamo domani con più calma così mi aggiorni su come vanno le cose a casa.»

Inviata la documentazione, nuovamente sola, si ritrovò a giocherellare con il suo orologino, l'oggetto che ancora la legava al ricordo di Mark.

Aspen marzo 2001

Era partita da Milano al mattino della domenica. Da Milano a New York, primo scalo e lì, quattro ore di attesa prima di prendere il volo per Los Angeles dove aveva dovuto pernottare aspettando quello per Aspen il mattino successivo. Finalmente a mezzogiorno del lunedì era arrivata ad Aspen.

Sorvolare quelle cime innevate l'aveva lasciata senza fiato. Desiderava rivedere Mark e provare a sciare. Lui ci teneva molto che lei imparasse ma anche se sarebbe stato Mark stesso il suo maestro, l'altezza di quelle montagne le metteva apprensione.

All'aeroporto Mark la stava aspettando. Lo vide subito. Indossava una tuta da sci nera e dei dopo sci di pelle nera. Abbronzato come sempre. Affascinante più che mai. Alto da sovrastare con la testa e parte delle spalle le altre persone che aveva intorno e che come lui aspettavano l'arrivo di qualcuno. C'era così tanta gente che passarono diversi minuti prima che riuscissero a essere finalmente vicini.

«Valéry, ben arrivata!»

«Mark...» e aveva accennato un inchino scherzoso.

Lui era scoppiato a ridere. L'aveva sollevata da terra e le aveva dato un affettuoso bacio sulla punta del naso.

«Mettimi subito giù Yeti delle montagne!»

Mark l'aveva delicatamente appoggiata a terra cercando di celare il desiderio che aveva scatenato in lui.

Si era schiarito la voce: «Andiamo piccola peste. Portiamo i bagagli in albergo e poi si parte per saccheggiare i negozi di tutto quello che ti occorre per iniziare a sciare. Se ci sbrighiamo magari si riesce a fare una pista prima che chiudano gli impianti.»

«Ma tu sei matto!»

«Lo so. Ciò non toglie che prima di cena avrai sentito scricchiolare la neve sotto gli sci. Forza, andiamo.»

Con un sorriso accattivante l'aveva presa sotto braccio e, trascinando il suo trolley con l'altra mano, l'aveva condotta velocemente alla jeep che aveva parcheggiata proprio davanti all'uscita dell'aeroporto.

Raggiunto l'albergo, il St. Regis Aspen Resort, aveva scoperto che Mark aveva prenotato due camere ma comunicanti.

Erano entrati passando dalla camera di Mark.

La porta fra le due era aperta e questo dava una sensazione di casa. Aveva posato il bagaglio nella camera destinata a lei. Le aveva lasciato solo il tempo di rinfrescarsi il viso e poi l'aveva condotta a fare gli acquisti necessari alla pratica del suo nuovo sport.

I negozi di Aspen erano meravigliosi e le proposte d'abbigliamento nelle vetrine veramente accattivanti, ma Mark aveva ben chiaro dove l'avrebbe condotta e quali indumenti le avrebbe lasciato scegliere. Voleva che si sentisse a suo agio, non bella da vedere ma comoda per imparare a sciare.

Il negozio era quello dove si recavano gli atleti della "Aspen mountain". Le consigliò dei pantaloni tecnici e una giacca a vento di piumino d'oca, degli scarponi non troppo alti, calzamaglie di seta e calzettoni di lana, maglioncini aderenti alla dolcevita e maglioni in lana norvegese, guanti di pelle, una maschera con cambio lenti e un paio di occhiali a specchio. La scelta degli sci cadde su dei Maxel neri alti uno e ottantacinque.

«Sono un po' altini per te», le aveva detto, «ma fra un paio di giorni mi ringrazierai.»

Per la scelta dei colori le aveva solo proibito il bianco per giacca a vento e pantaloni, non avrebbe mai voluto perderla nel biancore delle piste.

Ubbidientemente Valéry si era creata due completi sulle indicazioni ricevute, uno rosso e l'altro verde acqua, due colori che con la sua carnagione mediterranea e i suoi capelli castani, le donavano particolarmente.

Però i maglioncini a dolcevita e gli scarponi li aveva voluti bianchi!

E Mark era riuscito nel suo intento.

Alle tre e mezzo del pomeriggio Valéry, per la prima volta nella sua vita, si sentì scivolare sulla neve!

L'aveva condotta su di una pista facile, un campetto Baby.

La pendenza era minima e per risalire e cominciare a fare le gambe, le aveva insegnato la "lisca di pesce". Una volta in cima, per così dire, aveva infilato i suoi sci fra quelli di lei e le aveva fatto percorrere quel breve tratto come se volassero.

Pochi secondi ma che emozione!

«Adesso lo facciamo ancora», le aveva detto Mark, «ma questa volta scendi da sola!»

Le aveva spiegato lo "spazzaneve" e scendendo all'indietro le aveva tenuto le punte degli sci affinché non le si incrociassero. Poi ancora, sino a che non aveva avuto la padronanza di quella buffa posizione e infine l'aveva fatta salire sola aspettandola ai piedi della pista e ridendo delle sue cadute. Ma mai l'aveva aiutata a rimettersi in piedi.

«Sei crudele!» Gli aveva urlato. Mark rideva, fingeva di non sentire le ingiurie che lei gli rivolgeva, sapeva benissimo che tutto sarebbe dipeso da quel paio d'ore.

Valéry era una sportiva, era coordinata e forte. Tenace e testarda e se avesse trovato l'equilibrio non l'avrebbe più perso. A dimostrazione della sua teoria le ultime discese Valéry le aveva fatte senza cadere e accennando qualche curva. Poi gli impianti avevano chiuso.

«Allora maestro ho qualche speranza?»

Era sudata e felice e doveva ammettere che le dispiaceva smettere.

«Uhm, non saprei signorina, sicuramente avrà bisogno di molte lezioni!»

«Sa caro maestro di cosa ho bisogno? Ho bisogno di una buona cioccolata calda con panna che credo di essermi proprio meritata!»

«E cioccolata sia!»

Mark si era caricato gli sci di tutte e due sulla spalla e le aveva passato il braccio intorno alla vita.

Non avrebbe più dimenticato quel giorno né la notte che seguì.

Dopo la cioccolata, rientrati in albergo, erano andati a fare una sauna e poi una cena fantastica. Ricordava bene di aver bevuto troppo, o forse era stata per la stanchezza del lungo viaggio, per l'altitudine, per la sua prima sciata, ancora non aveva idea di cosa fosse sciare veramente, ma quel giorno si era sentita quasi un'eroina, il fatto è che si era ritrovata un po' brilla. A dire il vero, come fossero ritornati in camera non lo ricordava proprio.

Il ricordo ripartiva da quando, sdraiata sul letto di Mark, avvolta in un accappatoio di spugna bianco, aveva sentito le sue mani calde accarezzarle il viso e il collo e poi... più giù. Le aveva aperto i lembi dell'accappatoio continuando ad accarezzarle i seni, il ventre, i fianchi, le gambe. Ricordava quella sensazione: era come galleggiare.

Poi Mark si era disteso accanto a lei e le carezze erano diventate più intime e reciproche, come i baci sempre più appassionati e avevano fatto l'amore per la prima volta. Senza fretta, con languore, esplorandosi l'un l'altro senza vergogna sino a che avevano raggiunto insieme l'apice del piacere e lei era crollata nel sonno fra le braccia di quell'uomo che aveva desiderato dal primo istante in cui si erano incontrati tre mesi prima.

Il suo abbandono a questo amore, che la faceva sentire protetta ma al tempo stesso libera, fece miracoli anche sulle piste.

Al terzo giorno i suoi sci già scivolavano paralleli, il peso era ben portato a valle e le curve sicure.

Alla fine della settimana, incredibile a dirsi, pennellava la neve a sci uniti seguendo le code di quelli di Mark, curvando esattamente dove curvava lui, le punte dei suoi bastoni nel buco lasciato da quelli di lui. Era felice, di una felicità mai provata prima.

Terminata l'ultima discesa di quella favolosa vacanza lei gli aveva detto semplicemente: «Grazie Mark.»

E altrettanto lui, dopo aver fatto l'amore quella loro ultima notte: «Grazie Valéry.»

Non avevano bisogno di farsi promesse eterne perché i loro cuori battevano all'unisono ed entrambi sapevano che sarebbe sempre stato così.

***

Basta. Basta ricordi! Era venerdì e doveva passare a fare la spesa anche per l'indomani. Marika le aveva chiesto di potersi assentare nella giornata di sabato. Doveva fare qualcosa d'importante. Ma cosa?

Marika

Marika non si era mai allontanata dalla casa dei Contini.

Le ore libere le usava solo per fare qualche breve passeggiata nei dintorni e la domenica, anche se avrebbe avuto tutta la giornata libera ed era decorosamente sostituita nell'accudire la signora da un'infermiera professionale, preferiva dedicarsi alla sua persona. Si tingeva i capelli, si faceva la manicure, guardava la televisione che aveva in camera, mandava qualche mail alle figlie e giocava a carte sul letto. Solitari.

Chissà perché, ma quel cercare di far tornare tutto la distraeva enormemente. A dire il vero le sarebbe piaciuto spingersi in qualche centro commerciale. Si imponeva di non farlo. Per due motivi. Il primo, il più importante era che avrebbe dovuto consegnare i soldi del suo primo stipendio a Natascia che teneva ancora in pegno il suo passaporto e il secondo era proprio il fatto di non avere con sé nessun documento. Non doveva dimenticare di essere una clandestina! Se l'avessero fermata e rispedita nel suo paese non sarebbe più riuscita a racimolare i denari per il viaggio.

Il mese era finito, la prova superata e il signor Vittorio le aveva consegnato proprio quella mattina la busta con il suo compenso.

Poteva finalmente riscattare il suo documento, e voleva farlo al più presto, così aveva chiesto alla signorina Valeria la giornata libera raccontandole di avere una commissione importante da fare, senza menzionare il ricatto che stava subendo.

I Contini erano brave persone e non voleva coinvolgerli in questa situazione, per di più lei avrebbe potuto aver bisogno ancora in futuro di quella megera di Natascia. Rimaneva il suo unico contatto per nascondersi o trovare lavoro. Almeno così pensava.

Arrivata a casa di Natascia la trovò come sempre affollata dagli arrivi della notte. La donna era in cucina e aveva davanti a sé una tazza di caffè appena fatto. Non aveva avuto neppure la decenza di invitarla a prenderne uno anche lei.

«Hai portato i soldi?»

«Buongiorno Natascia. Certo che ho i soldi ma prima voglio il mio passaporto.»

Non doveva farsi vedere intimorita anche se l'idea di non riuscire a recuperare il suo documento la rendeva nervosa.

Per dar più risalto alla sua determinazione si era avvicinata alla cucina economica e si era servita da sola un caffè.

«Fammeli vedere.» Aveva detto Natascia.

«Lei vada a prendere il mio passaporto.»

«Devo cercarlo, mi ci vorrà un po'.»

«Non c'è problema. Ho tutta la giornata per aspettare che lo trovi.»

Intanto ostentando una sicurezza che non provava si era accesa una sigaretta e seduta a bersi il caffè, lanciandole una sguardo gelido e minaccioso.

Natascia aveva capito che con questa non sarebbe riuscita a portare avanti ancora il suo ricatto fingendo di non avere lì il suo passaporto e si era alzata per andare a recuperarlo fra il mucchio di quelli che tratteneva inventandosi ogni volta una scusa diversa per estorcere ancora soldi a quelle poveracce.

Marika non aveva ancora terminata la sigaretta che Natascia era tornata. Doveva concludere velocemente quella trattativa. Non voleva essere colta da qualche altra donna in questo momento di debolezza. Ne sarebbe andata della sua immagine e dei suoi affari.

Lo scambio della busta con i soldi e il documento era stato veloce. Avevano entrambe controllato.

Natascia aveva messo la busta nella tasca del suo grembiule e

Marika alzandosi infilato il passaporto nella borsetta.

Dentro di sé un grande sospiro di sollievo.

«Arrivederci Natascia.» Era uscita da quella casa senza aspettare il saluto di lei.

Con la paga del prossimo mese avrebbe potuto acquistare alcuni indumenti per se stessa e mandare alle figlie qualche capo d'abbigliamento più attuale.

Aveva saputo che a Cascina Gobba arrivavano dei furgoni dall'est che smerciavano a buon prezzo i loro prodotti tipici: dolci, sardine, caviale, vodka... e che tramite questi fattorini, dietro compenso, si potevano inviare a casa oggetti e denaro.

Per il momento si sarebbe limitata a fare un sopralluogo in qualche grande magazzino per farsi un'idea su quello che si sarebbe potuta permettere.

Casa Contini

Intanto a casa Contini Valeria stava parlando al telefono con suo fratello: «Quindi, cosa pensate di fare? Cosa ha detto Federico Giulieri?»

«Dice di avere sempre dubitato che Luigi Nava potesse essere l'artefice di una tale truffa nei suoi confronti. Se non avesse avuto stima di questa persona non gli avrebbe data la direzione dello stabilimento più prestigioso. La sua proposta è di tenere tutto in standby sino a che Cristiano, il nostro investigatore, non sia riuscito a produrre qualche prova sulla fuga delle informazioni tramite i computer e poi ci chiede di rintracciare Davide Nava in Australia. Insomma chiama Cristiano e fa in modo che si attivi al più presto.»

«Bene, Riccardo. Gli mando un sms chiedendogli di contattarmi appena può e gli riferisco quello che deve fare. Ti farò sapere.»

«E di mamma cosa mi dici?»

«Nulla di buono. Giorno dopo giorno la sua mente si allontana sempre di più dalla realtà. Ormai sembra di avere a che fare con una bambina di dieci, dodici anni. Mi chiama mamma, poi quando le spiego chi sono afferma di sapere che sono sua figlia. La mia bambina dice, la mia bambina… Lasciamo perdere che mi viene il magone e visto che Marika è fuori non voglio farmi vedere triste.

Dobbiamo cantare, per tenere i polmoni efficienti, recitare le filastrocche e giocare con i pupazzi!»

«Sorellina, non so dove trovi tutta questa forza. Ti voglio un mondo di bene. Ciao.»

Riccardo aveva attaccato perché si sentiva al limite delle lacrime. Anche lui amava sua madre moltissimo ma non aveva la forza di starle vicino in questo momento della sua vita. Non sopportava di vederla spegnersi e soprattutto non sopportava di veder spegnersi quella mente che era stata così brillante, quegli occhi così divertenti e curiosi che lo avevano osservato con amore, quella voce calda e rassicurante che a volte lo aveva redarguito ma sempre spronato a nuove scoperte e a oltrepassare il limite di tutto con dedizione e divertimento. Poteva sembrare assurdo ma Rose, la sua mamma, per lui era come se ne fosse già andata.

Si sentiva un mostro a pensare simili cose.

Avrebbe dovuto vincersi per poterle stare ancora vicino e per alleggerire la sua stupenda sorella dal peso di tutto questo. Valeria, che dalla scomparsa di Mark si era trincerata dietro il lavoro e alla malattia della madre.

San Pietroburgo 2001

Dopo qualche mese di frequentazione Dimitrij l'aveva invitata a trascorre qualche giorno nella sua dacia. La zia sembrava stare meglio, le medicine e le visite periodiche del medico che aveva mandato Dimitrij, i suoi pranzetti e la sua compagnia avevano fatto miracoli per cui accettare quell'invito le sembrò una buona occasione per comprendere meglio quest'uomo sempre tanto misterioso.

La dacia si trovava nel bosco vicino al villaggio di Seregizh.

Si era aspettata qualcosa di più modesto. In realtà nel millenovecentonovanta, decadute tutte le limitazioni del governo, era stata trasformata in una vera casa di vacanza, e che casa!

Inizialmente dovevano essere state tre dacie vicine dei soliti venticinque metri ora era divenuto un blocco unico unito da verande a doppi vetri e quella centrale era stata alzata di un piano. Insomma a occhio e croce doveva essere diventata un'abitazione di un centinaio di metri. L'interno era arredato in modo lineare ma gli oggetti antichi sparsi qua e là e chiaramente provenienti da paesi lontani le conferivano un tocco di rara eleganza. Una piccola collezione privata nascosta a occhi indiscreti.

«Non hai paura che entri qualche ladro e ti porti via questa splendida collezione?» Aveva chiesto Marika guardandosi in giro.

«A dire il vero potrebbe anche capitare. D'altronde non avrei altro posto dove metterli.»

«Perché non a casa tua?»
«Perché ne dovrei spiegare la provenienza.»
Marika lo guardò con aria stupita e interrogativa.
«Ora preparo un caffè e poi ti spiego. Credo sia arrivato il momento di raccontarti qualcosa di me.»
L'aveva lasciata comodamente seduta sul sofà ed era ritornato dopo qualche minuto impugnando i manici di due grosse tazze piene di caffè e una bottiglia di vodka.
«Tieni.» Le aveva passato la tazza versandovi una dose massiccia di vodka. Aveva fatto la stessa cosa per sé, poi le si era seduto accanto.
«Prima che tu mi faccia delle domande ho pensato di raccontarti quello che ancora non sai. Che sono sposato te lo ho già detto, che lavoro per i servizi segreti pure, però, non ti ho detto che la mia famiglia non lo sa. Gli oggetti che vedi qui provengono dai vari paesi dove sono stato per fare il mio lavoro e non posso portali nella casa dove vive mia moglie perché non potrei spiegarne la provenienza. Sei la prima persona alla quale racconto queste cose. La prima persona che mette piede in questa dacia. Qui vengo sempre solo, da anni, per camminare nei boschi e dimenticare. Dimenticare la vita che sono costretto a condurre, le menzogne che devo raccontare e le porcherie che sono obbligato a commettere. Mi sono innamorato di te ma non posso prometterti una vita insieme. Non posso prometterti niente. Tua zia sta meglio e tu rientrerai presto dalla tua di famiglia, dalle tue figlie e da questo marito che non ami. Potremmo continuare a vederci se vorrai, sporadicamente, di tanto in tanto, ma quanto potrà durare? Mi spiace perderti. Sei il primo essere umano, la prima donna, che mi ha permesso di essere me stesso ma dobbiamo evitare di illuderci. Questa relazione potrebbe non avere futuro e, con il passare del tempo, lasciarsi diventerebbe ancora più doloroso.»
Era calato il silenzio insieme alla sera e Marika aspettò parecchi minuti prima di rispondere.
«Ho capito, Dimitrij. Sono disposta a soffrire, ma non ora.»
«Speravo proprio che tu la pensassi così.»
La prese fra le braccia e le fece trascorre i più bei giorni della

sua vita e, per quanto avesse giurato a se stessa di non lasciarsi coinvolgere troppo, la passione fra loro fu tale che non poté far altro che abbandonarsi a quel fiume in piena.

Alla fine di quelle giornate rubate alle loro rispettive realtà, tornati a San Pietroburgo, ognuno riprese la propria strada.

Marika rientrò a Sebastopoli. Dimitrij partì per una missione. Passarono diversi mesi prima che si incontrassero nuovamente. L'occasione fu dettata dall'improvvisa dipartita della zia.

Dimitrij si era affezionato a quella strana signora che non smetteva di cantare arie di opere anche se la voce ormai era fioca e roca per l'età e il fumo e non aveva smesso di mandare il medico e di provvedere alle cure della compagna Katjuscha. Era stato proprio il dottore a trovarla morta una mattina in occasione di una sua visita. Il cuore le si era fermato nel sonno, l'espressione sul volto era serena. Fu Dimitrij a darle la triste notizia.

Si erano visti al funerale e malgrado il dolore della perdita che aveva toccato entrambi, a dispetto del momento, ritrovarono la loro passione intatta. Quello fu il loro ultimo incontro.

Dimitrij fu trasferito in una base in Kamchatka e da allora solo brevi messaggi, qualche cartolina e quella fotografia che teneva sempre con sé.

Non voleva dimenticare il volto di quell'uomo che le aveva saputo dare nel breve tempo della loro storia, in quella manciata d'incontri, tutto l'amore che non aveva e non avrebbe mai più provato.

Mark Parker - Washington giugno 2001

Questa riunione straordinaria e riservatissima gli creava non poca preoccupazione. Erano anni che il suo lavoro per il governo si svolgeva secondo una routine ormai consolidata. Analizzava e produceva rapporti, gli incontri con i suoi superiori erano diventati sporadici e informali. L'azione in prima persona sembrava relegata al passato. L'essere stato convocato ufficialmente non prometteva nulla di buono.

Era stato prelevato all'aeroporto e scortato sino al Pentagono dove il capo della sicurezza nazionale e il Presidente lo attendevano in una stanza estremamente protetta. In quel luogo avvenivano incontri e conversazioni "top secret" delle quali, al di fuori di quel manipolo di persone, nessuno sarebbe mai venuto a conoscenza.

«Colonnello Parker a rapporto.»

Con il saluto militare impeccabile nella sua esecuzione Mark si era presentato entrando in quella stanza.

«Signor Presidente, Generale.»

Era presente anche un altro uomo che non conosceva.

«Riposo Colonnello», la voce del Generale, «siamo felici di averla qui con noi. Si accomodi prego.»

Il Presidente gli aveva indicata la quarta sedia che lo aspettava a quella tavola rotonda. Nessun telefono, nessun computer.

Non appena si fu seduto il Presidente aveva preso la parola.

«Colonnello, sarà il signor Smith, capo dell'intelligence a spiegarle di cosa si tratta.»

«Colonnello Parker, il mio nome è Alan Smith e sono il capo della CIA. Come lei ben sa lo scorso anno Vladimir Putin è stato eletto Presidente. Non appena conquistata ufficialmente la carica tanto ambita ha dato inizio alla realizzazione dei suoi progetti per la rinascita della Russia. Ristabilire la soggettività internazionale di questo paese avrà come effetto un nuovo equilibrio fra le potenze. La fondazione delle grandi Corporation russe transnazionali sono le leve economiche supplementari per influire sul mercato mondiale. Risulta evidente che per gli Stati Uniti in questo momento storico e politico sia di primaria importanza mantenere rapporti di distensione al fine di non perdere terreno come potenza agli occhi del mondo. Putin punta a spazzare via il sistema oligarchico della precedente legislatura dando più spazio agli interessi della nazione attraverso lo sfruttamento delle materie prime: risorse minerarie, diamantifere, petrolifere e non ultimo il gas. La Gazprom, che già soddisfa buona parte del fabbisogno europeo si espanderà a macchia d'olio coinvolgendo le più grosse compagnie del settore. In questo ambizioso progetto esiste anche la creazione di un gasdotto sotto il mare di Bering per approvvigionare il nostro paese. In Kamchatka è stata creata una base dove tutti gli strateghi e i tecnici del settore resteranno per i prossimi quattro anni a lavorare e mettere a punto la realizzazione di queste opere. I paesi coinvolti sono molti e per dimostrare la cooperazione a ognuno di questi è stato chiesto di inviare un rappresentante. Una richiesta riservata, segreta, atta a mantenere equilibri sempre più delicati e della quale nessuno al di fuori dei capi di stato e delle intelligence dovrà mai essere a conoscenza. Per Gli Stati Uniti è stato scelto lei colonnello Parker.»

Mark aveva ascoltato con attenzione e si era subito reso conto che si trattava di una scelta categorica alla quale dopo questa premessa non avrebbe potuto opporre alcun rifiuto. La sua vita stava per cambiare radicalmente.

«Come avrà già compreso», proseguì Smith, «non potrà far parola con nessuno di questa sua nuova destinazione. Dovrà semplicemente “sparire”. Fra quattro anni se, come auspichiamo, tutto sarà andato per il verso giusto potrà tornare e godere di un congedo anticipato. Sappia però che se in questo frattempo scoppiasse una guerra o saltassero degli equilibri lei non potrà contare sull’appoggio di nessuno, perché ufficialmente questa missione non esiste. Domande?»

«Sì. Due. Quando dovrei partire? E come avete pensato di farmi “sparire”?»

«Lo avevo detto che il colonnello Parker sarebbe stato la persona più indicata per questa missione», aveva sottolineato il Generale rivolgendosi al Presidente e al capo della CIA.

«Colonnello Parker», Smith aveva ripreso la parola, «la risposta alla prima domanda è fra un mese, alla seconda, lei rientrerà a Miami e la prossima settimana accuserà un malore per il quale avrà bisogno di recarsi all’ospedale militare. Le sarà riconosciuta una malattia degenerativa, verrà sospesa la sua idoneità e congedato. Le tre settimane successive, quelle che la separano dalla partenza, le passerà in un luogo segreto a studiare tutto ciò che le sarà utile sapere. Il generale si occuperà personalmente di organizzare ogni cosa.»

«Signori», il Presidente si era alzato, «ho una conferenza stampa che mi aspetta. Mr. Smith, Generale...» e rivolgendosi a Mark: «Colonnello Parker la ringrazio a nome di tutti gli Americani.»

Gli aveva stretto la mano e aveva abbandonato la stanza.

Anche Smith aveva salutato e se ne era andato lasciandolo solo con il Generale per definire i dettagli.

Quello che più lo preoccupava era non poter spiegare a Valéry cosa stesse accadendo. Sarebbe dovuto sparire senza una parola.

Sparire, sparire e basta. Era angosciato alla sola idea di farla soffrire. L’amava, l’amava così tanto che, se non fosse stato in divisa su di un aereo militare, avrebbe pianto.

Cristiano - Australia 2004

Cristiano stava volando verso l'Australia. Aveva lasciato a "Cleaner" l'incarico di trovare le tracce delle operazioni fatte da Davide Nava ai danni della "Giulieri cruscotti" e dello zio Luigi. Chissà, se Davide avesse saputo che lo zio in realtà era suo padre, forse avrebbe avuto qualche remora in più. O forse no.

"Cleaner" non era un hacker qualsiasi. Aveva iniziato da bambino a smanettare con i computer e aveva commesso piccole truffe per mettere alla prova le sue abilità. Le sue marachelle informatiche però non lasciavano traccia. Sfidava altri hacker a trovarle ma neppure i migliori riuscivano a rimettere insieme i pezzi. Da lì il soprannome di "Cleaner", il pulitore.

Non era mai stato un delinquente anzi. Tutte le sue conoscenze e possibilità le aveva messe, dopo la laurea, a disposizione della Finanza, arma nella quale si era arruolato. Saper ripulire voleva dire saper ritrovare.

Cristiano lo aveva conosciuto in occasione di un'altra indagine e avendo in comune la passione per le arti marziali avevano avuto modo di rivedersi a qualche stage stringendo un rapporto di amicizia. Quando lo aveva contattato per il caso Giulieri, spiegandogli per filo e per segno tutto quello che c'era in gioco compresa la sua amicizia con Valéry e Riccardo che gli avevano affidato l'indagine, Luca Strozzi, "Cl34n32", cleaner nel linguaggio leet, aveva accettato senza indugio. Questa indagine in fondo coinvolgeva anche la sua arma. Era stato proprio Luca a dargli indicazioni su dove avrebbe trovato Davide Nava. Anche loro lo tenevano d'occhio come del resto facevano con tutti gli hacker in circolazione. Aveva saputo così che si era sistemato a Melbourne nel quartiere di Toorak. Un quartiere elegante dove vivevano le persone più agiate della città. A Davide i soldi non mancavano. Aveva la rendita che gli passava suo padre, più quelli che si era procurato con la vendita del brevetto della Giulieri ai Giapponesi. Quello che a Cristiano non risultava chiaro erano le motivazioni che spingevano questo ragazzo ad agire contro la legge. Avrebbe potuto vivere senza preoccupazione di sorta.

La mente umana resterà sempre il più grande mistero della terra!

Melbourne, una città fantastica che conosceva per esserci stato ai tempi dell'università. Un viaggio con gli amici che si era protratto per più del previsto. Erano rimasti affascinati dall'Australia e avevano trovato da lavorare proprio a Melbourne. La città ospitava le più belle manifestazioni sportive fra le quali le più seguite in tutto il mondo: l'Austalian Open di golf, gli Open di tennis e la Melbourne Cap, la corsa di cavalli. Eventi che creavano molto movimento e tanti posti di lavoro per i giovani. Gli alberghi dovevano rimpinguare le file dei loro dipendenti e le organizzazioni sportive assumevano volentieri studenti stranieri per le più svariate mansioni. Così, Cristiano e i suoi amici avevano trascorso oltre ai due mesi previsti, agosto e settembre, anche quelli di ottobre e novembre per rientrare in Italia solo a Natale. A dire il vero Andrea non era tornato. Era rimasto a vivere lì ed era proprio a casa sua che aveva trovato ospitalità. Si erano sentiti per telefono e accordati su come incontrarsi. Andrea aveva aperto un locale, un bar dal sapore internazionale proprio nel quartiere di Toorak ed era quello l'indirizzo che aveva dato al tassista.

Entrando lo aveva visto dietro il registratore di cassa intento a battere gli scontrini per le ordinazioni che giovani ragazze avevano raccolto ai tavoli. Era in forma. Asciutto, abbronzato. Sicuramente non aveva smesso di fare surf.

«Cristiano!» Lo aveva chiamato ad alta voce scorgendolo fra

la gente che affollava il locale. «Wait a moment!...»

A un suo cenno una splendida signora bionda era giunta per sostituirlo alla cassa e Andrea gli era corso incontro abbracciandolo.

«My God! Quanto tempo! Venticinque anni e sembra ieri! Ti trovo proprio bene.»

«Anche tu non scherzi!» Disse Cristiano ricambiando l'abbraccio.

«Vieni nel mio ufficio. Ci beviamo una birra e mi racconti cosa ti ha riportato in Australia.»

«Questa scrivania la conosco!» Esclamò Cristiano entrando nello studio dell'amico.

«Sì, hai ragione.» Gli rispose Andrea.

«Era nello studio di mio padre a Milano e quando è mancato me la sono fatta spedire. L'ho sempre visto seduto a questa scrivania intento a scrivere i suoi libri di Storia, era una parte di lui e mi sembra che il suo spirito sia rimasto legato a questo mobile, che i suoi pensieri e i suoi insegnamenti trasudino da questo legno. È il mio legame con lui. Ti sembrerà assurdo ma tutto quello che decido quando sono seduto a questa scrivania dà sempre il miglior risultato.» E con la mano, mentre parlava, accarezzava il legno lucido di quel mobile.

«Bando ai ricordi. Cristiano, raccontami di te.»

«Rammenti che alla fine di quel periodo passato qui in Australia ognuno di noi aveva modificato la propria idea su quello che avrebbe fatto in futuro?»

«E come potrei averlo dimenticato. Io addirittura non sono neppure tornato!»

«Allora ti avevo parlato della mia intenzione di dedicarmi alle investigazioni. L'ho fatto. Ho aperto un'agenzia investigativa e ne sono stato felice. Si tratta di un lavoro intrigante e mi porta sempre in situazioni strane e particolari. Un lavoro che è esente dalla noia. Sempre diverso e a contatto con realtà inconsuete che finiscono per accrescerti anche come essere umano. È per un'indagine che sono venuto qui. Devo trovare una persona e guarda caso le sue tracce mi portano proprio in questo quartiere dove tu hai la tua attività.»

«Non hai una foto di questa persona?», chiese Andrea, «Nel mio locale gira un sacco di gente e, non per vantarmi, ma è il Wine-bar più "in" di tutta Melbourne!»

Cristiano tolse dal portafoglio una fotografia di Davide Nava e la posò sul piano della scrivania.

«Ma certo», disse Andrea guardandola, «il ragazzo è arrivato da queste parti qualche mese fa. Inizialmente veniva dopo l'ora di cena a bere qualche bicchiere e a sbocconcellare qualche cosa. Era sempre solo con l'aria triste. Poi, una sera, ha conosciuto un altro ragazzo e da allora fanno coppia fissa. Credo proprio che si tratti di una coppia gay. Sapevi delle tendenze del ragazzo?»

«No. Le informazioni che ho su di lui sono altre. Comunque una bella fortuna che frequenti il tuo locale. Speravo potessi aiutarmi ma non mi aspettavo che fosse addirittura un tuo cliente!»

«Considera che oggi è mercoledì e non viene più durante la settimana ma sicuramente venerdì alle cinque sarà qui. Credo che il suo compagno lavori fuori città e che inizino il loro week end proprio con questa bevuta.»

«Andrea sei un mito! Non è che vuoi cambiare lavoro e metterti in società con me?», gli disse Cristiano scherzosamente.

«Non ci penso neanche lontanamente! Mi porteresti via dall'Australia e questa ormai è la mia casa!»

Gli aveva dato le chiavi del suo appartamento. Si trovava a solo un paio di isolati dal bar.

«Vai a riposarti. Ci vediamo per cena così mi racconti qualcosa che non sia legato al lavoro. Non so, magari mi parli di donne...»

«Giusto.» Aveva risposto Cristiano.

«Magari mi spieghi chi è quella bionda meravigliosa!»

«Vattene. Mi hai beccato! Al nostro investigatore non sfugge proprio nulla!»

***

Venerdì.

Camminava per il quartiere. Avevano convenuto con Andrea

che gli avrebbe mandato un sms non appena Davide fosse entrato nel locale. Cosa che aveva fatto alcuni minuti dopo le diciassette. Cristiano voleva seguirlo da lontano per qualche giorno o comunque per il tempo necessario. La sua intenzione era di capire cosa il ragazzo stesse tramando e che cosa lo avesse spinto ad agire in quel modo e a sparire in Australia.

Era necessario raccogliere più elementi possibili per poi poterlo avvicinare e tentare di convincerlo a rimediare in qualche modo. Scagionare Luigi Nava dalle ingiuste accuse mosse a suo carico e far rientrare un po' di soldi nelle casse della "Giulieri cruscotti".

Una serata d'ottobre, il clima mite, primaverile, aspettare in auto pazientemente osservando l'andirivieni degli avventori del wine-bar di Andrea non era poi spiacevole. Un paio d'ore dopo li vide uscire.

Davide indossava una Lacoste a mezzamanica e pantaloni neri mentre il suo amico una camicia di lino bianco con le maniche rimboccate e un paio di jeans strappati ad arte, sicuramente costosi. L'uno piccolo di statura dalla corporatura minuta, l'altro biondo alto dal fisico atletico. Sembravano un po' brilli e saltava all'occhio che si trattasse di una coppia. Non che avessero un'aria spudoratamente gay ma avevano un modo di guardarsi e parlarsi tipico degli innamorati. Erano saliti su di un cabriolet, alla guida il ragazzo biondo. Li aveva seguiti sino al porto e li aveva visti dirigersi agli ormeggi di Marina YE dove erano saliti su di un due alberi. Aveva temuto che prendessero il mare, nel caso avrebbe dovuto sospendere il pedinamento. Sarebbe stato impossibile rincorrerli in oceano! Invece, la sua buona stella continuava a sorridergli e, dopo il tempo necessario alla cottura, i ragazzi erano risaliti dalla coperta con in mano due piatti di spaghetti fumanti e una bottiglia di vino. Seduti a gambe incrociate sul legno del ponte, una piccola tovaglia bianca fra loro, avevano consumato la loro cena bevendo e chiacchierando.

Doveva tenersi lontano e non riusciva a sentire i loro discorsi ma a un certo punto l'armonia si era rotta e il ragazzo biondo appariva contrariato. Non doveva essere una discussione cattiva, più che altro sembrava volesse convincere Davide a fare qualcosa che lui non voleva. Ma cosa? Poi era sceso in coperta e Davide lo aveva seguito e si erano diffuse nell'aria note di musica classica.

Appariva evidente che per quella notte il suo compito era finito.

Si era appisolato e al mattino, quando aveva riaperto gli occhi aveva visto l'imbarcazione veleggiare verso il largo.

Bene, avrebbe approfittato per chiedere in giro qualche informazione sui ragazzi.

Al bar delle marine di tutto il mondo il pettegolezzo era stato sempre visto quasi come un dovere.

***

Si era presentato al bancone chiedendo indicazioni per noleggiare un posto barca manifestando l'intenzione di portare lì la sua "Catalina" raccontando che per lavoro si sarebbe trasferito da Sidney a Melbourne, un modo pratico per entrare subito nell'attenzione degli altri velisti presenti. Le indicazioni e i suggerimenti per noleggiare il suo posto barca erano stati dettagliati e preziosi ma ancor più preziose le notizie sui ragazzi. Drew, il nome del proprietario del due alberi. Il suo lavoro di "charterista" lo rendeva personaggio noto e chiacchierato. Noto per la sua abilità e chiacchierato per la sua relazione con Davide. Drew era presente in quella marina con la sua barca da quando era ragazzino. Nessuno lo aveva mai visto uscire con una ragazza anche se fra le sue clienti spesso c'erano stati esemplari notevoli e lui era certamente un bell'uomo. Un personaggio tranquillo, disponibile e onesto. Quando tre mesi prima si era messo con quel ragazzo italiano nessuno se ne era capacitato però lo vedevano felice e ciò bastava. La cosa che aveva fatto più scalpore era stato il fatto che Drew avesse cambiato il nome alla sua imbarcazione in "Double D".

La relazione sembrava essere proprio seria.

Raccolte queste informazioni Cristiano aveva deciso di rientrare all'appartamento di Andrea. Prenotare la "Double D" con il suo skipper poteva essere una buona idea.

Drew gli avrebbe probabilmente fornito i tasselli mancanti, informazioni utili per affrontare Davide.

***

Una giornata magnifica. La brezza a terra prometteva il giusto vento per una gita in barca a vela.

Cristiano era arrivato in anticipo sull'appuntamento alla banchina dove era ormeggiata la "Double D". Drew era già lì, la barca pronta a salpare.

«Buongiorno. È lei Mr. Bosi, il mio passeggero?»

«Sì. E lei immagino sia Drew il mio skipper! Chiedo il permesso di salire a bordo.»

«Ma certo. Venga.»

Il viso del ragazzo era molto bello. Quello che colpiva maggiormente, oltre ai tratti rilassati e la compattezza della pelle, era il sorriso. Guardarlo dava un senso di sicurezza. Ti faceva sentire subito a tuo agio.

«Mr. Bosi...»

«Mi chiami Cristiano, la prego.»

«Ok, Mr. Cristiano. Il servizio prenotazioni mi ha detto che desiderava fare un giro qui intorno perché presto porterà qui la sua barca, una Catalina.»

«Esatto», aveva risposto Cristiano, «vedere il porto, come si entra ed esce, qualche indicazione sulle acque, le correnti, i venti e le mete per qualche uscita.»

«La giornata è ottima e penso che potremo spingerci sino alla French Island. Se il vento rimane favorevole dovremo farcela a tornare per sera.»

«Sono pronto.»

«Allora, visto che non è un neofita, mi farò aiutare!» Gli aveva detto Drew con il suo fare pacato e uno dei suoi spettacolari sorrisi stampato in faccia.

«Tolga le cime dell'ormeggio.»

Vento, mare, cielo e l'abilità del ragazzo nel portare la "Double D" lo avevano fatto sentire un tutt'uno con la natura al punto di dimenticare quasi il vero motivo di quella gita.

Non c'era stata una gran conversazione con Drew. Qualche convenevole durante il momento del pranzo. Drew discendeva dai nativi australiani poi il nonno aveva sposato una donna inglese e da lì erano cominciate le varie mescolanze. Forse il suo carattere e la sua pelle particolarmente liscia e tesa la si doveva alle sue origini.

Era necessario trovare il modo di rimanere di più in sua compagnia, su quella barca. I rapporti confidenziali di solito si creano più facilmente al calare del sole soprattutto se si resta a pernottare sullo specchio nero delle acque dell'oceano.

Giunti alla vista della French Island: «Drew, cosa ne pensa se la circumnavighiamo?»

«Si può fare. Ma il vento dietro ai suoi promontori cala e non riusciremmo a tornare per sera.»

Era perfetto.

«Se lei non ha impegni», aveva risposto Cristiano, «per quello che mi riguarda possiamo tranquillamente rientrare domani.»

«Per me va bene. Non ho prenotazioni per domani… Le giriamo intorno e ci fermiamo a pernottare a Western Port.»

Il mare era il suo mondo e ogni occasione per rimanerci era per Drew fonte di grande piacere. Il mare non lo giudicava, pretendeva solo rispetto, e il rispetto era reciproco.

Gettata l'ancora, attaccata la cima a una boa volante per le imbarcazioni di passaggio, la "Double D" si dondolava dolcemente sulle acque calme al riparo del porto. Tre stanze, sei posti letto, un soggiorno e due piccoli bagni, non sarebbe stato un sacrificio trascorrere la notte in mare.

Una volta rinfrescati e cambiati Drew si era cimentato nella preparazione di un risotto molto speziato intanto che Cristiano apparecchiava e affettava un salamino italiano e tostava del pane.

Il vino che Drew aveva messo in tavola era un'ottima bottiglia di Pinot nero di produzione di un rinomato vitigno Australiano.

Avevano iniziato brindando alla magnifica giornata trascorsa, alla clemenza del mare, al favore del vento, agli spettacoli di natura dei parchi affacciati sulle coste che sembravano volersi tuffare nelle acque dell'oceano.

Dopo aver cenato e bevuto, divenuti più loquaci, si erano trasferiti sul ponte e al chiarore della luna Drew aveva raccontato la sua storia. Cristiano gli era sembrato una persona di aperte vedute e lui aveva bisogno di confidarsi con qualcuno.

«Ho saputo che ha recentemente cambiato il nome alla sua barca.» Aveva esordito Cristiano.

«Sì, è vero. Ma mi dia del tu la prego.»

«D'accordo Drew, solo se la cosa sarà reciproca.»

«Affare fatto...Cristiano.»

«Il nome di una barca si cambia solo per qualche fatto molto importante. Cosa è successo, se non sono troppo indiscreto?»

«Mi sono innamorato e ho voluto che tutti lo sapessero.»

«Che Lui...» e aveva fatto una pausa guardando Cristiano negli occhi cercando segni di disapprovazione, ma Cristiano ascoltava attento senza tradire alcun motto di fastidio o altro, «...che lui lo sapesse!»

«Continua», lo aveva esortato Cristiano.

«Sono gay. Sono nato così. Non avevo mai avuto il coraggio di dichiararlo. Non so perché. Mi imbarazzava. Ho anche provato a uscire con qualche ragazza. Un disastro. Poi, tre mesi fa, ho incontrato questo ragazzo italiano. Aveva prenotato la mia barca per un'uscita. Quando è salito a bordo sono rimasto colpito dal suo atteggiamento. Sentivo la sua tristezza e la sua angoscia era palpabile. Nascondeva questo suo stato d'animo atteggiandosi a uomo vissuto e strafottente. L'ho amato subito. Pensando comunque di non avere chance. Invece... Abbiamo iniziato a frequentarci e piano piano la maschera che indossava si è sgretolata e tutta la sua fragilità è venuta a galla. La presa di coscienza della sua diversità lo ha liberato dai tormenti che gli avevano condizionato l'esistenza. Anche lui mi ama e, a dirla tutta, anche se fra i due sono io il più forte, solo insieme abbiamo capito che possiamo navigare nel mare della vita a vele spiegate.»

«Trovare la propria strada, qualunque essa sia, è una grande fortuna.» Aveva commentato Cristiano.

«Quindi il nome della barca cosa significa?»

«Sono le iniziali dei nostri due nomi, Davide e Drew: "Duoble D". Questo nome sta ad affermare quello che ti ho detto, il veleggiare insieme nel mare della vita.»

«Sei molto romantico Drew.»

«Lo sono è vero. Con Davide il lavoro è ancora lungo. Sto cercando di convincerlo a lasciarsi alle spalle il passato, ma c'è qualcosa che non mi vuole dire e che lo tormenta.»

«Magari gli serve tempo.»

«Può essere.» Drew ora aveva un'aria un po' vaga.

«Cristiano...»

«Si...»

«Forse con te che sei più grande e così aperto e che vieni dal suo paese...»

«Cosa stai pensando Drew?»

«Pensavo che magari ci si potrebbe trovare a cena e vedere se insieme riusciamo a tirargli fuori quello che lo tormenta.»

Cristiano non aveva immaginato un così rapido evolversi della situazione ma non aveva voluto ingannare Drew e quindi a sua volta gli aveva raccontato la sua storia.

«Drew devo dirti una cosa. Non sono qui con te per caso.»

Gli aveva raccontato tutto. Di Davide, del perché lo stava cercando e della possibilità di rimediare e di trovare un accordo. Drew lo aveva ascoltato attentamente e dopo una lunga silenziosa riflessione si era dichiarato disposto ad aiutarlo.

La cena si sarebbe dovuta fare. Avrebbero dovuto mettere Davide alle strette perché solo così il loro rapporto avrebbe avuto la possibilità di un futuro. Senza più ombre, senza più segreti.

«Ora andiamo a dormire. Domani mattina presto molliamo gli ormeggi. Dobbiamo rientrare e organizzare la cena per sera. Come si dice? Via il dente via il dolore!» e si erano ritirati nelle rispettive cabine.

***

Nell'appartamento di Davide predominava il freddo dell'acciaio e il mobilio di laccato nero avrebbe accresciuto questo senso di freddezza se non fosse stato per i cuscini variopinti sparsi in ogni dove: sopra i divani e i tappeti, negli angoli e, appesi ai muri, non quadri ma stampe su tele di velieri e mare.

Davide e Drew avevano mescolato i loro mondi.

«Vieni Cristiano», era stato Drew ad accoglierlo alla porta, «Davide è preso con uno dei suoi soufflé. Mi raccomando, non gli riescono mai ma tu fai finta di niente!» e ancora quel sorriso che sembrava salire alle labbra dal cuore.

«Davide, il nostro ospite è arrivato», aveva poi detto raggiungendo la cucina seguito da Cristiano.

Incontrando i suoi occhi Cristiano aveva subito compreso come mai Drew si fosse innamorato di lui. Sembravano quelli di un cerbiatto impaurito e anche il suo corpo, sottile e nervoso, tradiva questo stato d'animo. La sua voce no. Nell'insieme poteva essere un alieno.

«Piacere», aveva detto Davide, «mi scusi se non le stringo la mano ma, come vede…», stava passando nella farina piccoli pezzetti di pesce.

«Non si preoccupi e soprattutto non voglio distrarla. Drew mi ha parlato con entusiasmo dei sui manicaretti.»

«E no», era intervenuto Drew, «fatemi un santo favore e datevi del tu! Siamo fra amici e non a una cena d'affari!»

Lo aveva detto con naturalezza anche se entrambi sapevano che non era del tutto vero.

Al termine della cena, seduti sui divani, sorseggiando dell'ottimo whisky, Cristiano aveva sviscerato l'argomento ma solo quando aveva informato Davide del fatto che Luigi non fosse suo zio ma suo padre il giovane uomo, con voce rotta dall'emozione, aveva esclamato: «Ma perché nessuno me lo ha mai detto!»

Aveva lottato con il vuoto lasciato dalla perdita della madre, con la presenza di un padre senza scrupoli né cuore, con la sua omosessualità, cercando di annegare tutto nell'alcool e nella droga. Le truffe informatiche lo distraevano ed era un gioco nel quale si rifugiava ma mai avrebbe pensato che quella della Giulieri avrebbe danneggiato suo Zio. L'unica persona che gli aveva sempre dimostrato amore incondizionato e ora ne capiva il motivo. Doveva mettere a posto le cose. Si era asciugato le lacrime e rifugiato nell'abbraccio consolatorio di Drew.

«Cristiano, grazie. Senza di te chissà se avrei mai saputo quello che sta accadendo. Il padre che sino a ora ho ritenuto tale non mi aveva detto niente. Forse teme di perdere il patrimonio che ormai da quando sono maggiorenne dovrebbe essere passato a me anche se lui continua a procrastinare tutto questo con mille cavilli e darmi solo una rendita. Dimmi come devo fare. I soldi dei Giapponesi li ho ancora tutti ma il brevetto ormai è andato.»

«Troveremo un modo. Le tue dichiarazioni e ammissioni scagioneranno Luigi. Per le tue responsabilità, non saprei.»

«Per favore, dì loro, pregali di lasciarmi qui. Ora che ho trovato un po' di pace e l'amore. Posso restituire i soldi ma anche darne molti di più. Lo sai che mia madre mi ha lasciato un patrimonio enorme. Ti scongiuro Cristiano, non portatemi via dall'Australia. Non portatemi via da Drew!»

***

Il mattino seguente Cristiano già preparava il suo bagaglio per rientrare in Italia e consegnare a Valeria e Riccardo l'esito della sua investigazione.

«Così te ne vai», gli aveva detto il suo amico Andrea, «una toccata e fuga la tua!»

«Hai ragione Andrea. Mi sarei fermato volentieri qualche giorno ancora. Il tempo stringe e sono felice di aver raggiunto il mio obbiettivo così in fretta. Ti prometto di tornare.»

«Sì devi farlo ma, la prossima volta, non mescolare la tua visita con il lavoro. Altrimenti», aveva aggiunto scherzosamente, «ti mando in albergo!»

Torino 2004

Il rapporto questa volta lo avrebbe consegnato direttamente a Riccardo che lo attendeva con Federico Giulieri a Torino.

All'incontro in una saletta riunioni intima e raccolta dello stabilimento della Giulieri, Federico aveva voluto presenziasse anche Luigi Nava.

Cristiano raccontò loro tutto quello che aveva scoperto senza omettere le sue personali impressioni. A corredo e a sostegno della veridicità delle ammissioni di Davide la ricerca fatta dal suo amico della Finanza "il Cleaner" e una lettera di Davide dove, oltre ad assumersi tutte le responsabilità del caso, chiedeva con umiltà comprensione e perdono offrendo in cambio tutto il suo appoggio finanziario per i futuri progetti dell'azienda. Chiedeva scusa allo zio e lo invitava a farsi conoscere come padre. Luigi commosso faticava a trattenere le lacrime.

Anni di inutili e dannose menzogne, questo si che lo considerava una colpa!

Ormai tutto era relegato alle decisioni di Federico Giulieri.

Federico che era rimasto impassibile per le due ore necessarie a esporre la relazione di Cristiano, aveva preso la parola, non senza prima schiarirsi un po' la voce: «Ebbene, signor Bosi, la ringrazio per l'esposizione chiara e particolareggiata, per l'umanità e l'entusiasmo con cui ha seguito il caso. Questo suo modo d'operare mi rende più facile prendere una decisione» e rivolgendosi a Luigi, «tu, caro amico, meriteresti di essere rinchiuso per il solo fatto di avermi nascosto per tutti questi anni che il ragazzo era tuo figlio!»

«Avvocato, blocchi tutta questa farsa. Ritiri la denuncia. Dica che ci siamo sbagliati. Insomma trovi lei il modo.»

Congedati Riccardo e Cristiano, Federico rimasto solo Luigi gli comunicò quello che riteneva giusto fare: «Ho pensato che sia corretto che il ragazzo versi nelle cassa della Giulieri i denari avuti dalla vendita del brevetto ma ciò che ritengo sia necessario è che venga coinvolto in prima persona nella responsabilità dell'andamento dell'azienda. Andremo insieme a trovarlo e gli faremo investire nel nuovo progetto dell'auto elettrica assemblabile parte dei suoi denari. Tu sarai a capo di questo progetto e, tuo figlio, il tuo braccio destro. Questo lo aiuterà a crescere e soprattutto vi aiuterà a conoscervi veramente.»

«Grazie Federico. Sei un vero amico.»

«Non ringraziare me, ringrazia tuo figlio!»

Milano autunno 2004 - Rose

«Signorina Valeria, signorina Valeria...», la voce al telefono era agitata.

«Calmati Marika e dimmi cosa sta succedendo.»

«Rose. Rose, sta male! Non riesce più a respirare!»

La sensazione di essere bloccata, di non riuscire a muoversi, di non riuscire a pensare. Pochi secondi che le erano sembrati un'eternità.

«Marika, ora chiamo l'ambulanza e vengo subito a casa. Tu cerca solo di mantenere la calma e di tenere la mamma per mano, di tranquillizzarla.»

Intanto infilava il cappotto e componeva il 118 dal cellulare.

Mai aveva attraversato quel tratto di città che la distanziava dalla loro abitazione in così breve tempo! Non c'era traffico ma aveva comunque violato quasi tutto il codice stradale.

Arrivarono insieme, l'ambulanza e lei.

Non appena nella stanza di Rose tutti si resero subito conto che non c'era tempo da perdere.

Veloce, veloce, tutto si stava muovendo veloce. Troppo veloce.

Nel meno che non si dica Rose fu caricata sull'ambulanza e portata all'ospedale. Erano le cinque del pomeriggio e mentre la barella che trasportava Rose entrava al pronto soccorso, Valeria parcheggiava proprio di fianco alla moto del chirurgo che aveva operato sua madre l'anno prima.

«Professore, buonasera» lo salutò pallida e sbrigativa.

«Buonasera signora Contini. Come sta sua madre?»

«Male. La stiamo portando in pronto soccorso, anzi deve scusarmi ma corro a vedere cosa succede.»

Il medico era sceso dalla moto e l'aveva presa sotto braccio: «Vengo con lei.»

Rose era già stata portata via e il chirurgo l'aveva pregata di attendere nella saletta dedicata ai parenti e agli accompagnatori, sarebbe tornato quanto prima con tutte le informazioni sullo stato di salute di sua madre.

Valeria avrebbe voluto aspettare di aver più elementi prima di chiamare Riccardo e suo padre ma questa volta non se la sentiva di affrontare tutto da sola.

Riccardo le aveva risposto subito e lei non lo aveva neppure salutato.

«La mamma sta molto male e sto aspettando in pronto soccorso che mi dicano qualcosa.»

«Valéry, dov'è Papà?» Riccardo era sempre molto pragmatico.

«Credo sia al Club. Questa sera avrebbe dovuto fermarsi lì a cena e a giocare a bridge. Non so come fare chiamarlo. Temo che si spaventi. Io devo stare qui e non posso andare a prenderlo.»

«Parto subito. Conto di farcela in un paio d'ore. Passo a prendere Papà e veniamo da te in ospedale. Ho il cellulare, appena hai qualche notizia chiamami. A fra poco e, mi raccomando cerca di non agitarti troppo.»

Dopo la conversazione con Riccardo, il silenzio di quella sala d'aspetto era diventato insopportabile. Valeria aveva avvisato l'infermiere di turno che si sarebbe recata fuori a respirare un po' d'aria fresca. Aveva smesso di fumare da un'eternità ma in quel momento era l'unica cosa a cui riusciva a pensare: una sigaretta. Non fu difficile farsene offrire una da chi come lei stava aspettando ansioso il responso per il proprio caro. Così si perse nella nuvola azzurrina del fumo di quella sigaretta il cui gusto amarognolo non faceva altro che farla sentire peggio. Dopo quasi un'ora di quell'attesa il chirurgo la raggiunse e le comunicò che sua madre sarebbe stata operata d'urgenza. Un aneurisma si era fessurato e se era ancora viva era solo perché le vertebre lo avevano tenuto compresso. L'intervento già difficile sarebbe stato molto pericoloso e non si poteva assicurare che la paziente ce l'avrebbe fatta. Insomma c'era la possibilità che sua madre non ne uscisse viva. Del resto in quelle condizioni la morte sarebbe sopravvenuta di certo nel giro di poche ore. Doveva dare il suo consenso all'intervento e doveva farlo subito. La sala operatoria era già pronta.

Un'altra responsabilità alla quale non poteva sottrarsi.

«Operate», disse. Dentro di sé la speranza di poter ancora abbracciare sua madre, di sentire ancora il suo corpo caldo, la sua voce, il suo respiro.

"Bene Signora Contini, faremo del nostro meglio. Ci vediamo fuori all'attesa del reparto rianimazioni.»

Il chirurgo era sparito all'interno del pronto soccorso mentre Valeria come un automa scaricava un pacchetto di sigarette dal distributore automatico del parcheggio e sedutasi su di una panchina si accingeva ad attendere l'arrivo di Riccardo e suo padre.

***

Aspettavano insieme, in silenzio, da ore. Suo Padre sembrava in trance. Fissava il vuoto di fronte e sé come se lì potesse ritrovare il sorriso della sua Rose, come se le immagini della loro vita insieme stessero scorrendo sul muro bianco di quella ormai troppo stretta sala d'attesa.

Riccardo non aveva smesso un attimo di mandare e ricevere messaggi. Con la sua compagna avevano sempre avuto un rapporto di grande complicità e lei riusciva a sostenerlo in qualsiasi situazione con tale disponibilità e pazienza che a Valeria appariva più che un innamoramento una sudditanza emotiva.

E lei? Lei li osservava ma a parte una telefonata a Marika per spiegarle la situazione non aveva nessuno su cui potersi appoggiare. Se solo Mark non fosse sparito! Lui sì, sarebbe stato in grado di dire le parole adatte a placare la sua angoscia e nel suo abbraccio avrebbe anche potuto versare qualche lacrima.

Invece per lei era come essere in sala operatoria con sua madre. Sentiva il rumore dei ferri, la voce del chirurgo che impartiva gli ordini, i "bip" dei macchinari che rilevavano le funzioni vitali di sua Mamma. Ne vedeva l'addome aperto, l'aorta pulsante, lacerata, sangue, tanto sangue.

Le sembrava d'impazzire. Era sul punto di svenire.

«Vieni», a quel punto suo padre l'aveva presa sotto braccio, «vieni cara, andiamo a prendere un caffè. Sei pallida come un cencio!»

Si era lasciata condurre da quell'uomo forte e fiero che sembrava aver ritrovato tutta la sua compostezza.

«Tesoro, cerca di mangiare anche questo pacchetto di cracker...» e le aveva messo fra le mani un bicchierino di plastica bianco con il caffè lungo e il pacchetto anonimo di cracker selezionati alla macchinetta automatica.

Valéry stava riprendendo colore ma Vittorio insistette anche per fare con lei due passi all'aria aperta.

La notte era umida e le luci del parchetto dell'ospedale soffuse. Tutto sembrava avvolto nell'ovatta.

«Dobbiamo farci forza», aveva proseguito suo padre dopo un po' di quel gironzolare, «comunque vada questa notte sappi che per tua Madre e per me sei stata una figlia stupenda. Ora rientriamo. Riccardo non è forte come te e se dovessero uscire i medici...», la voce era rimasta sospesa, non voleva pronunciare quelle parole, «meglio essere lì tutti e tre insieme.»

Appena in tempo. Sembrava si fossero dati appuntamento.

Valéry e Vittorio aprivano la porta della saletta mentre dall'altra, quella che comunicava con il corridoi delle sale operatorie, entrava il chirurgo. Riccardo scattò in piedi, loro lo erano già.

«Signora, signori.» Il suono della voce era sommesso, stanco. Un medico ma anche un essere umanamente provato dalla lunga, più lunga del solito, giornata d'interventi.

«Abbiamo fatto tutto il possibile. Pochi istanti e non ci sarebbe più stato nulla da fare.» Si era interrotto. Stava scrutando i nostri volti tesi. Poi aveva proseguito.

«Non possiamo promettere niente. Anzi è già un miracolo che siamo riusciti ad arrivare a questo punto. Ora, la signora Rose, è stata portata in rianimazione. Si vedrà come reagirà il suo corpo. Per la sua mente temiamo che questa ulteriore anestesia ne abbia danneggiato irreversibilmente la lucidità. La cosa che mi sento di consigliarvi, visto l'affetto, l'amore che tutti voi avete sempre dimostrato per lei, è di approfittare di tutti gli attimi che vi potrà ancora regalare. Andate a riposare. Per qualsiasi sviluppo sarete prontamente contattati.»

Si era girato su se stesso, commosso. Era la seconda volta che salvava la vita a questa paziente. La prima era riuscito a regalarle quel paio d'anni ma su questa non aveva troppe speranze.

«Ha ragione il dottore.» Valeria stava prendendo in mano la situazione.

«Da domani ci aspettano giornate impegnative e ci dobbiamo organizzare perché uno di noi possa sempre essere presente in ospedale. Marika sarà affiancata da Papà durante il giorno e Riccardo e io faremo le notti.»

Parlava come se dall'organizzazione e dalla loro presenza dipendesse la vita della madre. Buttarsi a capofitto era sempre stato il suo modo per esorcizzare la paura e il dolore. La perdita la terrorizzava. Aveva già perso il suo amore. Come avrebbe potuto sopportare un altro abbandono?

Tutta la sua organizzazione, la sua abnegazione, la sua infaticabile presenza nei venti giorni di degenza che avevano seguito l'uscita di sua madre dalla rianimazione non erano servite.

Ineluttabilmente, in una mattina qualsiasi di quei giorni che non avevano né senso né tempo, Rose se ne era andata.

Riconoscente aveva regalato a Valéry, che in quel momento le teneva la mano, il suo ultimo sguardo e l'ultimo battito del suo cuore.

Fredde e orribili le pratiche che seguono la morte.

Valéry come al solito si era fatta carico di tutto.

Il funerale, accogliere amici e parenti alla camera mortuaria, accompagnare la salma dopo la funzione al crematorio.

Non ancora paga aveva seguito personalmente le pratiche di successione. Fermarsi avrebbe significato dover prendere necessariamente atto della perdita.

C'era ancora una cosa da fare: bisognava chiudere il contratto con Marika.

Questa donna capitata per caso nella sua vita e con la quale avevano condiviso così tanto in quei mesi, un'amica che ritrovava a casa tutte le sere.

Ambedue intelligenti, fattive e indomite erano arrivate ad avere un rapporto di confidenza così profondo che arricchiva entrambe e che per entrambe era diventato un rifugio sicuro.

Oramai Rose se ne era andata da più di un mese e doveva lasciarla libera ma, fu Marika quella sera ad affrontare l'argomento.

«Valeria, devo parlarti.» Era da tempo che erano passate a darsi del tu.

«Dimmi Marika.»

«Sediamoci in salotto. Anzi aspettami lì che vado a prendere una cosa in camera mia.»

Marika era tornata con una bottiglia di vodka di ottima qualità e due bicchierini.

«Ecco tieni. Cominciamo a buttarne giù uno.» Così dicendo le aveva passato la loro prima sorsata per quella che sarebbe stata un'altra delle loro lunghe nottate.

«Valeria, è arrivato il momento che io vada per la mia strada.»

Valeria stava per intervenire.

«Zitta per favore. Lo so che la nostra amicizia ci ha tenute al caldo ma tu devi riprendere la tua vita, ritrovare il tuo equilibrio mentre io devo fare il lavoro per il quale ho lasciato la Russia e guadagnare il denaro per la mia famiglia. Voi siete stati molto generosi a tenermi qui anche dopo la morte di Rose e vi ringrazio per come mi avete accolta e trattata in questo anno, ma ora che la tua mamma non c'è più... Valeria... ho trovato un altro lavoro.

Non una famiglia come la vostra, una famiglia della quale mi avete resa parte, no, una donna sola con il solo conforto del suo denaro. Domani preparerò le mie cose e poi mi trasferirò nell'altra casa.»

Valeria l'aveva abbracciata commossa e riconoscente e Marika aveva ricambiato l'abbraccio con la stessa emozione. Poi l'aveva allontanata scherzosamente: «E adesso beviamone un'altra e continuiamo tutta la notte. Abbiamo ancora tanto da raccontarci!»

Avevano dato fondo alla bottiglia di Vodka e al loro cuore parlando di Dimitrij e di Mark.

«Insomma possibile che tu non abbia neppure una foto di quest'uomo?» Aveva chiesto Valéry alle prime luci dell'alba.

«Sì. Una ce l'ho. Vado a prenderla.» Tornata con la sua agenda, il passo malfermo per la bevuta e la stanchezza, era inciampata e tutte le sue preziose fotografie, i biglietti e le lettere delle sue figlie erano cadute a terra.

Valeria si era chinata a raccoglierle con lei e si era ritrovata fra le mani un'immagine di Mark cameratescamente abbracciato a un uomo.

«Oh, l'hai trovato! Questo è Dimitrij.»

Valéry, impallidita, era stata colta da un tremore improvviso.

«Stai male?» Marika non capiva.

«Marika, quando è stata scattata questa foto?»

«Credo all'inizio del duemilatre. Ti ricordi mi aveva lasciata per quel suo incarico. Questa era nella sua ultima lettera. Perché?»

«E dove?» La voce di Valeria era quasi isterica.

«In Kamchatka, credo. Ma si può sapere cosa ti prende?»

«Marika, l'altro uomo è Mark!»

Kamchatka 2003

Come gli era stato anticipato durante il colloquio al Pentagono alla base in Kamchatka, Mark aveva trovato i rappresentanti di tutte le potenze economiche. L'attività per i progetti in corso era febbrile anche se la posizione di osservatori lasciava comunque a tutti loro parecchio tempo libero. Un tempo che non potendo essere rivolto a comunicare con i propri affetti, che si erano obbligatoriamente dovuti lasciare alle spalle, si dilatava a dismisura.

Palestra, sport, lettura erano il pane quotidiano di questo manipolo di uomini che avevano scelto di servire il proprio paese accettando senza discutere qualsiasi condizione.

Mark aveva iniziato anche a scrivere. Un rapporto epistolare quasi giornaliero con Valéry. Lettere che non sarebbero mai state spedite e forse neppure mai lette. Era il suo modo per tenerla nel cuore, per sentirla vicino. In queste lettere non parlava mai di dov'era e di cosa stava facendo. Si dilettava a fare progetti per tutti e due e raccontava di sé immaginando le reazioni e le espressioni della sua splendida ragazza italiana. Spesso era preda dello sconforto. Chissà se al termine della sua missione l'avrebbe trovata ancora libera e disponibile a proseguire la loro relazione? Quattro anni sono lunghi. Valéry avrebbe potuto dimenticarlo, trovare un altro uomo d'amare e che potesse essere presente al suo fianco.

Più che lecito e probabile.

Lui era sparito dalla sua vita senza una parola, senza apparente spiegazione e lei era così bella! Geloso.

Sì, geloso senza diritto alcuno di ogni suo respiro.

Immobile sulla sua branda si stava proprio crogiolando nei suoi tormenti quando un attendente aveva bussato alla porta.

«Colonnello Parker…»

«Sì.» Aprendo la porta.

«Colonnello, signore, è desiderato in sala riunioni al più presto.»

«Dica pure che sto arrivando. Il tempo di rivestirmi.»

Mark aveva indossato la sua uniforme e dopo pochi minuti entrava nella sala dove era stato convocato.

All'incontro erano presenti il sovraintendente Russo del progetto, il generale e un altro uomo che conosceva di vista perché anch'egli presente alla base sin dall'inizio del progetto. Fu invitato ad accomodarsi.

«Colonnello Parker, conosce il nostro agente il colonnello Dimitrij Alavjenko?» Era il capo del progetto che aveva preso la parola.

«Ci siamo incontrati.»

«Bene anche il colonnello Alavjenko è un gran conoscitore della neve e dei ghiacci ed è questo il motivo per cui siete stati convocati entrambi.»

Mark e Dimitrij si erano scambiati un'impercettibile occhiata interrogativa. Non avrebbero dovuto aspettare per aver soddisfatta la propria curiosità.

«Come probabilmente sapete in Siberia abbiamo una base di ricerca per le future trivellazioni. Una squadra è stata sorpresa da una bufera e se ne sono perse le tracce. Il vostro compito sarà di andare alla ricerca di questi uomini. Sono in possesso di troppe informazioni. Dobbiamo assolutamente essere certi che la loro sparizione sia realmente dovuta a quest'evento naturale e non che la bufera possa essere servita per coprire qualcosa d'altro. La sicurezza del progetto e la stabilità degli equilibri mondiali dipende dalla risposta che voi signori ci darete. Vivi o morti li dovete trovare. Questo è tutto. Andate a prepararvi per partire. Un elicottero militare vi lascerà nella zona affinché possiate raggiungere il punto da dove si sono perse le tracce. Gli uomini da ritrovare sono tre.»

Ad ambedue fu consegnata una busta che conteneva le indicazioni da seguire, fotografie e note biografiche degli scomparsi.

«Colonnello Parker la invitiamo a mettersi in contatto con il suo comando per avere conferma del consenso alla sua partecipazione a questa missione.»

«Potete andare.»

Uscendo dalla stanza Mark e Dimitrij si erano concessi qualche secondo più del dovuto per osservarsi meglio. In questa missione avrebbero dovuto mettere la propria vita nelle mani dell'altro. In mezzo alla neve, ai ghiacci, alle insidie che sicuramente avrebbero incontrato, la reciproca incondizionata fiducia era determinante.

Poi, soddisfatti di quello che avevano riconosciuto in questo scambio di sguardi, si erano stretti la mano ed erano rientrati nelle loro stanze per prepararsi alla partenza.

L'appuntamento all'elicottero il mattino seguente alle sei zero zero.

Fra i ghiacci delle montagne della catena Verkhneangarski

L'elicottero era atterrato sulla superficie del lago Bajkal che in quel periodo e per diversi mesi si sarebbe mantenuto ghiacciato trasformandosi in una strada. Per Yakutsk, diventata una ricchissima città grazie ai vicini giacimenti di gas e diamanti, il lago si trasformava in una pista percorribile da qualsiasi mezzo: un'autostrada di ghiaccio. Per Mark e Dimitrij il punto di partenza della loro missione. Dall'elicottero militare erano state scaricate anche le loro due motoslitte cariche di viveri e di tutte le attrezzature che sarebbero potute essere utili. Dovevano mettersi in moto al più presto, era fondamentale raggiungere entro il primo pomeriggio la zona delle valli disabitate della catena Verkhneangarski. Se il buio li avesse sorpresi prima che avessero raggiunto uno zimovyo, il freddo, che dai meno venti del giorno sarebbe repentinamente sceso ai meno quaranta della notte, avrebbe seriamente messo in pericolo la loro vita.

«Colonnello Parker, siamo pronti?»

Dimitrij stava sollecitando la partenza.

«Pronto. Accendo il Gps. Solo una cosa, per favore, chiamiamoci per nome, non credo che sia il caso di essere formali. Cosa ne pensa colonnello Alavjenko?»

«Sono perfettamente d'accordo Mark. Partiamo.»

Si erano messi in moto consapevoli dell'importanza di raggiungere al più presto la zona dove si erano perse le tracce dei tre uomini che stavano cercando.

Le motoslitte scivolavano veloci verso la loro prima tappa: la tajgà della Siberia orientale.

Non si sarebbero fermati se non per espletare i loro bisogni fisiologici, bere quell'intruglio caldo ed energetico che avevano nei thermos e sgranocchiare qualche barretta proteica mentre si sgranchivano le gambe. Solo pochi minuti ogni due ore. Gli abiti che indossavano erano molto tecnici. Fibre particolari non in commercio ma di sola dotazione militare. Una barriera contro il freddo del corpo ma la percezione che derivava da quel biancore rischiava ugualmente di raggelarli.

Mark e Dimitrij avrebbero anche potuto parlarsi perché nei loro caschi erano attive due ricetrasmittenti, concentrati com'erano nella guida dei loro mezzi e nelle osservazioni del territorio che li circondava, sino a quel momento non lo avevano fatto.

«Mark…», la voce di Dimitrij lo aveva raggiunto, «il mio Gps segnala che fra un paio di chilometri dovremo inoltrarci nella tajgà.»

«Confermo Dimitrij. Ti seguo. Il sole sta già calando e credo dovremo sbrigarci a raggiungere lo zimovyo.»

Una volta inoltrati nella foresta la percezione che ebbero fu di essere già dei dispersi anche loro. Le conifere incombevano e le ombre che creavano si intrecciavano così fitte da dare subito l'impressione del buio. Solo il rumore delle motoslitte, tutto il resto era immobile. Si stavano affidando unicamente alle indicazioni satellitari. Dopo circa una mezz'ora, che era sembrata più lunga delle sei ore trascorse, erano arrivati al capanno, allo zimovyo.

Spenti i motori il silenzio fu tale che sembrava che anche le piante trattenessero il respiro.

«Diamoci da fare.» Era nuovamente Dimitrij.

«Dobbiamo riscaldare il capanno e scaricare tutto il materiale.»

«Sì, hai ragione. Organizziamoci poi faremo il punto per iniziare la nostra ricerca.»

Dietro lo zimovyo avevano trovato una catasta di legna ben

coperta da un telo per evitare che si inumidisse e un grosso secchio di metallo che Mark aveva riempito con i ceppi migliori. Una volta svuotato il secchio dalla legna vicino al piccolo camino Dimitrij si mise subito all'opera per accenderlo mentre Mark usciva ancora una volta con il secchio per riempirlo di neve che sciolta sarebbe diventata acqua per cucinare e lavarsi. Rientrando, dopo pochi minuti, non avrebbe immaginato di trovare l'ambiente già così caldo! Questo capanno di legno piccolo ed essenziale si era trasformato nella loro oasi nel paese dei ghiacci. Il solo luogo dove sopravvivere alla notte della tajgà.

Una minestra in scatola e uno spezzatino sotto vuoto come cena poi Dimitrij preparò la bevanda tipica della zona: latte e vodka.

«Tieni Mark», disse passandogli una bella tazza di quella strana mistura al quanto corroborante, «pensi di reggerlo?»

«Ci provo.» Ne sorbì una grossa sorsata. I suoi occhi erano ridenti. L'avrebbe proprio divertito prendersi una sbronza solenne durante una missione così delicata!

Tornò subito serio.

«Dimitrij tira fuori le carte. Vediamo se riusciamo a capire da dove iniziare la ricerca. Dobbiamo essere precisi, se qualcuno è sopravvissuto alla bufera solo la nostra tempestività potrà salvarlo.»

«Da (oAnH). Ecco. Vedi, noi siamo qui.»

Dimitrij gli indicò il punto su di una dettagliatissima carta della zona.

«Ivan Petrov, Pierre Dubois ed Eddy Rivera avrebbero dovuto fare una ricognizione alla trivellatrice vicina a questa montagna. Gli ultimi messaggi che hanno inviato arrivano invece da un punto diverso sul versante opposto. Poi il nulla. Cosa facciamo?»

Stava chiedendo Dimitrij.

Mark studiava attentamente la mappa ma prima di esprimere un'opinione voleva rileggere le schede personali dei dispersi per riuscire a interpretare le loro eventuali scelte e decisioni in una situazione di pericolo.

«Leggi Dimitrij. Leggi ad alta voce.» Disse passando le schede al compagno. «Magari iniziamo dal francese, Pierre Dubois.»

«Pierre Dubois, nato a Parigi il venti novembre del millenovecentocinquantanove, laureato in psicologia, agente della sicurezza francese, reclutatore per i corpi speciali. Atletico, determinato, senso dell'orientamento, in grado di utilizzare qualsiasi arma, innato talento nel trovare sempre la soluzione migliore di sopravvivenza per sé e i suoi uomini. Al suo attivo quarantotto missioni portate a buon fine con il minimo delle perdite, nessun insuccesso. Ha scalato le Seven Summits. Motivo della sua presenza: "Top secret".»

«Bella questa! Non ci dicono il motivo della sua presenza alla base di ricerca avamposto uno! Vai avanti Dimitrij. Sentiamo cosa ci dicono degli altri due.»

«Tieni qui c'è la sua fotografia.»

L'immagine che stava guardando Mark era di un uomo di circa un metro e ottanta in perfetta forma fisica, dallo sguardo diretto e determinato.

«Ivan Petrov. Lo conosco. La scheda dice che è un geologo di fama mondiale, che ha cinquant'anni e che lavora al progetto della Gazprom sin dall'inizio. Io ti aggiungo che è uno scienziato ma anche un personaggio dalle mille risorse. Abbiamo avuto modo di partecipare ad alcune esercitazioni e questa persona è a dir poco eccezionale! Se c'è qualcuno che non posso pensare si sia cacciato in qualche guaio per sua negligenza, bene e proprio Ivan Petrov! Eccoti le foto Mark. Qui lo ritraggono in camice bianco in laboratorio. Lo vogliono far passare per un agnellino!»

Effettivamente. La fotografia ritraeva un ometto non molto alto, con la tasta rasata e occhialini tondi.

«Dimenticavo», Dimitrij sottolineava ancora un aspetto, «Petrov è uno specialista di arti marziali ed è stato in Tibet per una manciata di anni!»

«Passiamo a Eddy Rivera. Nativo della Patagonia. Il Perito Moreno la sua fissa sin da ragazzino. Anch'egli scalatore e sembra che abbia conosciuto Dubois durante la risalita dell'Aconcagua nelle Ande e che si siano anche aiutati in una situazione di difficoltà. È il più giovane ha trentacinque anni. La sua foto.»

«Certo che», Mark stava fissando la foto di un altro uomo dalle caratteristiche fisiche fuori dal comune, un sorriso aperto e la pelle scura come se fosse di origine indios, «dalle informazioni che ci hanno dato sembra impossibile che questi uomini si siano persi sull'altro versante e che possano essere finiti in difficoltà tali da non uscirne. Sono tutti è tre preparati e non mi sembrano degli sprovveduti. C'è qualcosa che non torna. Tu che ne pensi Dimitrij?»

«Un'idea me la sono fatta. Forse i tre sono stati mandati a fare i rilievi necessari ma hanno scoperto qualcosa che li ha portati, diciamo...fuori strada.»

«Oppure...», Mark sembrava pensare ad alta voce, «oppure avevano già scoperto qualcosa prima di partire e volevano verificare. Credo sia il caso di puntare direttamente da dove si sono perse le tracce.»

«Sono d'accordo con te Mark. Ora dormiamo. Partiremo non appena farà luce.»

Ai primi bagliori dell'alba spegnere la brace con un secchio di neve e rimettersi in viaggio nel freddo e nel biancore della tajgà era come farsi violenza da soli. Mark e Dimitrij non ebbero esitazioni e in breve tempo avevano compiuto tutte le azioni necessarie a riprendere il loro viaggio. L'oscurità della foresta sembrava non venire intaccata dai pochi raggi di luce che filtravano dai rari spazi fra i rami ma la pista era agevolmente percorribile, i cacciatori si adoperavano perché rimanesse sgombra da rami spezzati, tronchi o quant'altro e probabilmente qualcuno era già passato di lì prima di loro. Prima che facesse giorno. Il rituale delle fermate per bere e sgranchirsi ogni paio d'ore si stava ripetendo con precisione e la tabella di marcia era rispettata. Sarebbero arrivati all'altro capanno entro le tre del pomeriggio. Quello, dalle valutazioni fatte sulla mappa la notte prima, avrebbe dovuto essere il più vicino al punto da dove erano spariti Ivan Petrov, Pierre Dubois e Eddy Rivera. Non appena avvistato il capanno Mark e Dimitrij si resero subito conto dal filo di fumo che usciva dal camino che all'interno doveva esserci qualcuno. Spente le motoslitte e senza emettere alcun rumore, come del resto erano addestrati a fare, si erano cautamente avvicinati al capanno. Dalla piccola finestrella avevano scorto un uomo sdraiato su una delle brande. Dava loro la schiena e non potevano capire chi fosse.

«Fermi o vi faccio saltare le cervella!»

Alle loro spalle la voce era perentoria, dura e non dava spazio a trattative.

«Giratevi piano.» Obbedirono.

«Chi cavolo siete?»

«Tu chi cavolo sei?» Mark non voleva dare l'impressione di essere intimidito dall'arma che l'uomo puntava verso di loro.

Una torcia comparve nell'altra mano dell'uomo che ne puntò il fascio di luce freddo e offensivo sui loro volti.

«Cristo! Ma tu sei il colonnello Alavjenko!»

«Sì Petrov. Sono proprio io e con il colonnello Parker siamo stati mandati a cercarvi.» Ivan aveva abbassato l'arma e i lineamenti gli si erano distesi.

«Allora, ben arrivati e forza entriamo prima di ghiacciarci qui fuori tutti e tre.»

«Recuperiamo le motoslitte.»

«Spero abbiate portato qualcosa da mettere sotto i denti. Ho una fame nera!»

Scaricate le provviste seduti davanti al fuoco fra le mani le gavette piene di tè bollente corretto con la vodka, Mark e Dimitrij erano pronti ad ascoltare il racconto di Petrov sull'accaduto. L'uomo nella branda dormiva e non ne avevano ancora saputa l'identità.

«Intanto per cominciare», aveva esordito Petrov, «lui», indicando appunto l'uomo nella branda, «è Pierre Dubois. Appena abbiamo terminato di bere sarà il caso di somministragli un qualche antibiotico. Ne avete vero?»

«Tranquillo abbiamo la cassetta dei medicinali e tutto l'occorrente per eseguire piccoli interventi. Che cosa gli è successo?»

Petrov si era alzato e posato il suo tè sulla piccola mensola del camino si era avvicinato a Dubois.

«Vi faccio vedere.» L'aveva scoperto. Il poveretto aveva una frattura esposta alla gamba sinistra che già iniziava a puzzare di marcio.

«Non c'è tempo da perdere. Dimitrij prendi la cassetta dei

medicinali.» Mark voleva ripulire subito quello scempio e somministrare a quel poveretto una botta di antidolorifici e l'antibiotico che sperava potesse aiutarlo a non finire in cancrena. Le spiegazioni potevano aspettare. Era abile con il bisturi e i suoi assistenti si dimostrarono all'altezza. In poco più di un'ora avevano ripulita la ferita, posizionato l'osso della tibia, eseguita una steccatura e somministrato i farmaci del caso. Ora non restava che aspettare che Dubois riaprisse gli occhi ma ci sarebbe voluto del tempo.

«Adesso racconta», Dimitrij voleva sapere.

«Forza Petrov», anche Mark lo stava esortando.

«La situazione è complessa. Vediamo se riesco a spiegarvi. Cercherò di saltare tutti i vari passaggi per arrivare all'essenziale. All'interno della base si era insinuato il dubbio ci fossero degli infiltrati. Gente doppiogiochista legata a un qualche governo non ben specificato e che utilizzasse le attrezzature e le risorse, comprese quelle umane nelle persone dei tecnici e dei ricercatori, per un qualche scopo non ben identificato.»

«Praticamente, non ci stai dicendo niente», stava sottolineando Mark.

«È vero. Il punto è proprio questo: nessuno sapeva niente né ci capiva niente ma qualcuno voleva cominciare a vederci più chiaro. Così ci hanno convocati. Separatamente per dare a ognuno di noi direttive che gli altri non avrebbero conosciuto e poi insieme illustrandoci una missione comune.» Un verso di dolore proveniente dalla branda di Dubois aveva interrotto per qualche secondo il racconto di Petrov.

«Il mio compito nascosto sarebbe stato di supervisionare cosa sarebbe successo fra Pereira e Dubois, mentre la missione comune un sopralluogo a una trivellatrice con relativa raccolta di dati geologici. Sarei rimasto volentieri nel mio laboratorio e sinceramente tutto questo mi sembrava assurdo. Mi sono dovuto ricredere e molto prima di quello che potete pensare. Ci hanno lasciati, calandoci da un elicottero vicino alla trivellazione, e ci siamo incamminati nella foresta per raggiungerla. Lì avremmo dovuto trovare un capanno con un gruppo di uomini che seguono i lavori e intervengono con supporto tecnico al bisogno. Nel capanno invece abbiamo trovato due personaggi, due complici di Pereira. Non ci vuole molto a capire che sia io che Dubois siamo stati resi prigionieri ma ancora non mi era chiaro il motivo. Solo quando ci hanno obbligato a raggiungere questo capanno, questo nel quale ci troviamo ora, con una marcia forzata attraverso la tormenta di neve, provvidenzialmente servita a coprire le nostre tracce, ho realizzato quale sarebbe stata la meta. La parte opposta della montagna dove si trova un enorme giacimento di diamanti che sino a ora era servito a sovvenzionare gran parte del progetto della Gazprom e dell'esistenza del quale in pochi eravamo a conoscenza. Uno di quelli ero io perché ne avevo seguito tutti i rilevamenti ai tempi della sua scoperta. Il rifugio più vicino era questo capanno dove ora ci troviamo. Dopo averci passato una notte, praticamente insonne e sotto la minaccia delle armi, il mattino seguente abbiamo raggiunto la miniera. La parete che ne nascondeva l'entrata era ghiacciata per di più una frana l'aveva resa quasi inaccessibile. Ci si doveva calare con corde e ramponi. Mille domande mi giravano per la testa. Come mai nessuno sapeva di questo problema alla miniera? Chi stava muovendo le fila di tutto questo? Era chiaro che la mia presenza sarebbe stata utile a dare la giusta valutazione per l'accesso e nello stesso tempo sarebbe servita per produrre un rapporto sui danni e gli interventi necessari. Ma chi erano gli uomini con Pereira e perché volevano entrare nella miniera? Dubois? Che parte aveva in tutto questo? Solo quando ci siamo calati tutti nella pancia della montagna i vari tasselli del mosaico sono andati al loro posto. Un sacco nero, a occhio poteva contenere un centinaio di chili di pietre ancora grezze, era pronto in un angolo per essere prelevato. Pereira aveva voluto che Dubois se lo caricasse in spalla e che io mi occupassi dei rilievi della grotta e li annotassi sul programma di un loro pc. Una volta nuovamente all'aria aperta Pereira, evidentemente soddisfatto del recupero, ha commesso l'errore di mettersi a parlare in spagnolo con i suoi complici lingua che sia io che il francese comprendiamo bene. I diamanti erano il pagamento per un traffico di droga che s'intratteneva da tempo tra la mafia russa e i cartelli sud americani. Era stato proprio il cedimento delle pareti della miniera a rendere difficoltoso questo scambio. Allora Dubois, dopo un'occhiata d'intesa, ancora con il sacco in spalla ha preso a correre nella foresta sorprendendo tutti. Pereira e uno degli uomini lo hanno inseguito mentre io riuscivo a disarmare l'altro e a ucciderlo. Non si poteva andare troppo per il sottile. Pereira stava per sparare a Dubois che era inciampato in una radice rompendosi la gamba nel modo che avete visto ma io ho fatto in tempo a colpirlo alla nuca con il calcio dell'arma sottratta all'altro complice dopo averlo ucciso. La cosa strana che mi lascia ancora su chi va là e che il quarto uomo se l'è filata. Mi sono caricato in spalla il francese e l'ho portato al capanno.»

«Interessante, anche se veramente contorto. E i diamanti?»

Mark domandava l'ovvio ma aveva un suo scopo.

«I diamanti li ho nascosti. Andremo a prenderli insieme anche se non so bene a chi dovremo consegnarli!»

Anche a Dimitrij qualcosa non quadrava: «Sarà il caso che domattina due di noi si occupino del recupero dei diamanti! Poi caricheremo tutto sulle motoslitte e vedremo di ritornare in qualche modo alla base.»

Era evidente che uno di loro sarebbe rimasto con Dubois al quale avevano somministrato anche una dose di morfina per evitare che mugolasse di dolore tutta la notte impedendo al gruppo di riprendersi con una dormita. Avrebbero comunque dormito a turno. Durante il turno di veglia di Petrov, Mark, abituato a dormire con un occhio solo, lo aveva visto avvicinarsi alla scatola dei medicinali e prendere una siringa, altra morfina? Il suo intuito non lo aveva tradito.

Petrov e Dimitrij erano usciti per recuperare il sacco dei diamanti e Mark finalmente aveva l'occasione per parlare con Dubois.

«Dubois sveglia!» Mark lo stava scuotendo energicamente.

«Pierre mi ascolti!»

Pierre aveva aperto gli occhi con fatica ancora in preda agli analgesici: «Chi sei? Dove sono? Cosa vuoi da me?»

«Ascoltami è importante. Sono il colonnello Parker e siamo

venuti con il colonnello Alavjenko a recuperarvi. Ora lui e Petrov sono andati a recuperare il sacco che avete prelevato alla miniera. Petrov ci ha detto che Pereira ha cercato di ucciderti e che lui lo ha freddato. Sono andate così le cose?»

Pierre stava cercando di mettere insieme i pezzi e di capire se si poteva fidare di quell'uomo. Forse sì. D'altronde non aveva più molto da perdere. Petrov li avrebbe fatti fuori tutti pur di impossessarsi del bottino.

«Non proprio. La vera talpa è Petrov. Eddy e io avevamo l'incarico di smascherarlo purtroppo è stato più furbo di tutti noi e sono convinto che il colonnello Alavjenko sia in serio pericolo. Li segua e cerchi di salvarlo. Sempre che sia ancora in tempo.»

«Come faccio a lasciarla solo?»

«Non si preoccupi. Non sarò solo. Esca e faccia il verso del cuculo. Vedrà che il quarto uomo, quello che era scappato, arriverà subito. È sicuramente acquattato nelle vicinanze.»

Mark si attenne alle indicazioni e dalla boscaglia uscì un uomo.

«Colonnello Parker...», lo aveva chiamato per nome.

«Non si meravigli. Sono John Brooks ero con lei nell'operazione in Medio Oriente. Ora vada, penso io a Dubois.»

Mark aveva preso la motoslitta e si era lanciato all'inseguimento di Petrov.

«Era ora che arrivassi!»

Dimitrij era ferito a un braccio ma Petrov giaceva tramortito ai suoi piedi.

«Vedo che te la sei cavata anche senza di me...»

«Riesci a guidare la motoslitta?»

«Certo. Non siamo poi così lontani dal capanno. Tu caricati questo bastardo, non vorrei essere tentato dal farlo fuori una volta per tutte.»

«Ok. Andiamo. Intanto chiamo via satellite la base che mandino un elicottero a prendere il gruppo e qualcuno che recuperi le moto, non ne posso più di andarmene da questo posto!»

Il rientro non era stato facile. Loro erano in cinque e Dubois doveva essere trasportato con una barella. L'elicottero aveva bisogno di uno spiazzo sufficiente per l'atterraggio. La decisione della base fu di mandare un gruppetto di militari via terra con altre motoslitte, una per John Brooks, una attrezzata per il trasporto del ferito, Dubois, e un'altra per il traditore Petrov. Una soluzione che avrebbe consentito a Mark e Dimitrij di condividere la responsabilità dell'operazione e di avere aiuto e scorta. Tutto questo li obbligava però a trascorrere ancora un'altra giornata e un' intera notte nella tajgà. Ore lunghissime, interminabili. Sempre in allerta a ogni rumore temendo che qualche complice di Petrov potesse presentarsi e mettere tutti in difficoltà. Fortunatamente non si era verificata tale eventualità e nella tarda mattinata del giorno dopo erano arrivati i soccorsi. Tutto si era svolto velocemente perché come sempre le ore a disposizione prima delle temperature inumane della notte erano poche. La radura per l'atterraggio era stata individuata e l'avevano raggiunta non senza difficoltà. L'elicottero militare attendeva sorvolando e non appena aveva scorto il gruppo era atterrato caricando tutto il possibile. Due motoslitte e rispettivi soldati sarebbero rimasti a terra e rientrati solo qualche giorno dopo. Avevano ancora il compito di verificare e confermare l'accaduto analizzandone le tracce.

Finalmente una volta rientrati alla base in Kamchatka e affidato Dubois alle cure di medici esperti del piccolo attrezzatissimo ospedale, portato via Petrov da militari che lo attendevano a Mark e Dimitrij fu concesso di rientrare nei rispettivi alloggi per rimettersi in sesto con qualche ora di sonno prima di presentarsi a fare il loro rapporto sulla missione.

«Mark, aspetta un momento.» Era Dimitrij che lo chiamava.

«Cosa ne dici di uscire un attimo all'aria aperta e scattare una foto insieme in ricordo della nostra avventura?»

«Perché dici questo?»

Mark non smetteva mai di vedere al di là di ogni piccola cosa.

«Perché, perché sono convinto che non avremo più modo d'operare insieme. Qui è così. Quando fra due agenti si crea un rapporto umano vengono divisi. Ed è chiaro che per noi il rapporto si è creato eccome!»

«Per chi è questa foto?»

Mark aveva cambiato volontariamente direzione alla conversazione non senza averne assimilato il senso.

«È per me. Per noi e, per lei.»

«Lei?»

«Sì lei. Marika, l'unica donna che abbia mai veramente amato e che a causa di questa missione ho dovuto lasciare andare.»

«Sei proprio un romanticone!» Mark lo stava canzonando. Poi era divenuto subito serio.

«Anch'io vorrei poter comunicare con la donna che porto nel cuore in ogni attimo della giornata.»

«Racconta.»

Dimitrij ora sapeva di avere molto di più da condividere con quel compagno d'armi.

«E va bene. Prima la foto. Guarda che tramonto!»

Un autoscatto fra la neve con il sole che scivolava dietro le cime.

Milano novembre 2004

Era appena passata l'alba ma Valéry non poteva più aspettare.

Doveva trovare Mark.

Il cellulare di Cristiano suonava, suonava. Nessuna risposta.

L'occhio le cadde istintivamente sull'orologio che portava al polso, quello che le aveva regalato Mark. Insisti, si disse. Rifece il numero. Ancora gli squilli sembravano perdersi nell'etere. Le tempie le pulsavano all'impazzata poi, improvvisamente, fu il suo cellulare a suonare accendendosi come un tizzone rovente fra le sua mani.

«Valéry cosa succede?» Era Cristiano. Al suo timbro di voce caldo e tranquillo Valeria tirò un sospiro di sollievo.

«Cristiano, meno male, devo vederti subito. Ci sono novità su Mark. Scusa l'ora...»

Solo ora sembrava rendersi conto di essere stata eccessiva. Dopo tre anni non sarebbero state poche ore a cambiare la storia.

«Tesoro, sai che a te perdono tutto!»

Cristiano ben immaginava lo stato d'animo dell'amica che, dopo la scomparsa, di quell'uomo e la morte della madre si era rinchiusa in se stessa e cercava di mitigare un poco la sua agitazione.

«Non preoccuparti, non mi hai svegliato, ero solo in doccia. Vediamo, potrei essere da te fra un paio d'ore. A casa o in studio?»

«Meglio a casa. Non ho dormito niente e ho un mal di testa che mi spacca!»

«Prendi un cachet e riposati un po' intanto che mi aspetti.»

«Il cachet lo prendo, in quanto a riposare dubito di riuscirci prima di averti raccontato quello che ho scoperto.»

***

Cristiano arrivò come promesso un paio d'ore dopo la telefonata. Ad aprirgli fu Marika.

Contrariamente a quando aveva creduto, Valéry, dopo avergli parlato, preso l'analgesico, si era appisolata sul divano. Suo padre era da Riccardo a Torino e la casa era avvolta dal silenzio.

«Venga signor Bosi. Si accomodi in cucina. Valeria si è addormentata. Vado a svegliarla.»

«No. Aspetti un momento. Cos'è successo questa notte?»

«Un attimo. Ecco, le ho fatto vedere questa fotografia.»

«Che mi venga un colpo!»

Anche Cristiano era trasalito vedendo quell'immagine.

«Vede, l'altro uomo era il mio amante.»

«Dove e quando è stata scattata?»

«Nel duemilatre, credo in Kamchatka. Le altre informazioni sono un po' delicate.»

«Si spieghi meglio.»

«È solo perché la signorina Valeria è una persona speciale, un'amica, che mi sbilancio, però deve promettermi di stare molto attento a quello che farà o meglio che non farà.»

«Prometto di non mettere nessuno in difficoltà.»

«Dimitrij lavora per il governo Russo in un non ben identificato corpo di polizia.»

«Una spia?»

«Più o meno. Il fatto è che verso la fine del duemilauno ci siamo salutati senza promesse. Lui stava partendo per una missione in una base in Kamchatka e non avremo più avuto modo di comunicare per chissà quanto tempo. Di quello che è successo nel nostro paese in questi anni non è neppure il caso di parlarne. È cosa nota. Il mio matrimonio era finito da tempo ma le mie figlie avevano bisogno e il diritto di terminare gli studi. L'arrivo di quella fotografia, fattami pervenire fra gli effetti personali di una mia zia che era stata involontaria tramite del nostro incontro e ormai deceduta da un paio d'anni, è stato più che ricevere una lettera d'amore. Lo sprone per non smettere di lottare. Sì, anch'io mi sono chiesta se e quando ci saremmo nuovamente incontrati ma non potevo rimanere ferma ad aspettare e, quando non è stato più possibile mantenerci tutti con un unico miserrimo stipendio, sono partita. Arrivata in Italia sono finita in questa famiglia speciale e con Valeria abbiamo condiviso la toccante esperienza della malattia e della morte di sua madre. Nelle lunghe notti insonni ci siamo aperte il cuore e raccontate le nostre pene d'amore. Vedere questa fotografia l'ha scioccata ma temo per le sue speranze di ritrovare il suo amore sparito nel nulla, probabilmente non potranno essere attese neppure con il suo intervento, ci sono sicuramente di mezzo situazioni nelle quali non si deve mettere il naso. Sono altresì sicura che Mark l'ami profondamente e che se il mio Dimitrij è riuscito a mandarmi un messaggio con questa fotografia, molto probabilmente anche Mark, quando potrà, farà in modo di farsi vivo.»

Effettivamente, stava pensando Cristiano, non era il caso di andare a ficcare il naso in intrighi internazionali. Cosa che avrebbe potuto nuocere non solo alle persone coinvolte ma anche a equilibri dei quali mai avrebbero avuto conoscenza.

«Grazie Marika. La nostra conversazione mi è stata molto utile. Ora direi che è il caso di svegliare la signorina Valeria.»

Valéry aveva occhiaie bluastre, i capelli arruffati e un plaid sulle spalle quando si era presentata in cucina. Cristiano si era alzato e le aveva spostato una sedia.

«Siediti. Guarda che colazione ci ha preparato Marika. Io sono affamato e tu devi mangiare.»

Obbediente, quasi come un automa, Valeria aveva iniziato a spalmare burro e marmellata sul pane appena tostato e a sorbire qualche sorso di caffelatte. La fotografia era sul tavolo.

«L'hai vista?»

«Certo e mi ha lasciato senza parole.»

«Voglio ritrovarlo. Voglio sapere che fine ha fatto e soprattutto perché non si è più fatto vivo...»

«Valeria cercherò di fare il possibile per raccogliere le informazioni che chiedi. Però...»

«Però cosa?»

«Ho avuto una conversazione con Marika e credo che non si potrà andare al di là del lecito nell'indagine. Potrebbe essere inopportuno e pericoloso. Pericoloso per Mark.»

«Sì, ci ho pensato anch'io. Una volta passato lo stupore e l'eccitazione che quell'immagine ha suscitato in me, ho pensato primo che nel duemilatre era vivo e poi che si trovava in Kamchatka con Dimitrij. Sicuramente non si trovava lì per una gita.»

«Appunto. Farò in modo di sapere qualcosa ma non aspettarti troppo né troppo presto.»

«Grazie Cristiano, sei proprio un amico. Fai quello che puoi. Da oggi vivrò nella speranza.»

Cristiano se ne era andato portando con sé sentimenti contraddittori. Avrebbe fatto del suo meglio per quella donna che la vita continuava a mettere alla prova.

***

Valéry dormì due giorni consecutivi poi uscì per andare in studio. Come sempre il lavoro l'avrebbe aiutata.

Questa volta però nel bagagliaio la sua sacca da golf.

Sì, tutto ricominciava. Soprattutto il senso di speranza per il futuro. Per Valeria, passato il primo scioccante momento rivelatore nato da quella fotografia, solo l'idea che Mark non fosse morto e che comunque esisteva la possibilità di ritrovarlo e di sapere, era stato come riuscire a respirare di nuovo dopo tanto tempo. Cristiano, anche se le difficoltà che si presentavano erano molte, sarebbe sicuramente riuscito a reperire qualche informazione. Avrebbe ripreso a vivere, a tirare palline in campo pratica rubando ore preziose al lavoro e riguadagnando il suo fascino atletico che non riconosceva più nella sua figura allo specchio. In fondo lo avrebbe fatto anche per lui. Mai e poi mai si sarebbe fatta trovare così sciupata e provata!

La vita andava comunque avanti.

Marika lasciò casa Contini.

Torino 2005

Luigi Nava era stato convocato da Federico Giulieri.

«Vieni Luigi», Federico si era alzato dalla sua scrivania e aveva teso la mano all'amico, «ti porgo le mie sentite condoglianze per tuo fratello. Un'incidente incredibile quello che ha avuto con il suo deltaplano...»

«È sempre stato uno spericolato e un incosciente! Non voglio parlarne male ora che non c'è più ma non posso neppure tesserne le lodi. Nella sua se pur breve vita ne ha combinate veramente di tutti i colori. In ogni caso ti ringrazio e... scusa la divagazione. Dimmi. Che problemi ci sono con la società?»

«Non direi "problemi", più che altro, piacevoli novità. Ho ricevuto una mail di Davide, tuo figlio, che vuole farmi una proposta e dall'approccio sembra una cosa seria e sostanziosa. Non sta a me ricordarti che la madre di tuo figlio era un'ereditiera. Tuo fratello però alla sua morte aveva bloccato tutti i beni e i denari. Passava a Davide un buon vitalizio anche se del tutto inadeguato rispetto all'entità dell'eredità che gli sarebbe spettata. Davide non se ne è mai lamentato anche perché i suoi problemi e priorità erano altri. Bene, arrivo al punto. Alla lettura del testamento, fatta per altro in video conferenza visto che l'unico erede ammesso sarebbe stato Davide, il quale non ha ritenuto necessario lasciare l'Australia, alla lettura del testamento, dicevo, tuo figlio si è ritrovato di punto in bianco uno degli uomini più ricchi d'Europa.»

«Sapevo della grande ricchezza di sua madre, una donna magnifica e che ho amato con tutto me stesso, ma non che fosse così strabiliante!»

«Infatti neppure Davide era a conoscenza di un tale patrimonio. Qui viene il bello. Davide propone d'investire buona parte dei suoi capitali nella Giulieri Cruscotti SpA.»

«Vuole diventare socio?»

«No. Molto di più e molto di meno.»

«Cioè?»

«La sua richiesta è di cambiare la ragione sociale in "G&N International Cars Company Corporation".»

«Ha sempre avuto la mania delle iniziali. Immagino sia "G" come Giulieri e "N" come Nava ...»

«Esatto. Nava, Nava Luigi. Tu. Tu saresti il socio di maggioranza.»

Luigi aveva strabuzzato gli occhi e la mascella sembrava essergli improvvisamente caduta.

«Capisco il tuo stupore. Tuo figlio è una persona speciale, generoso ma non sprovveduto. Terrà per sé qualche milioncino per finanziare Drew e la sua flotta di barche a vela da noleggio, nella "G&N" avrà una nomina di presidente ad honorem e si preoccuperà attraverso le sue vecchie conoscenze di procacciare contratti e contatti. Sarà promotore per il progetto dell'auto elettrica che la "G&N International Cars Company" produrrà ed esporterà in tutto il mondo. Insomma, dà a te tutte le responsabilità, gli onori e i meriti ma ci tiene ad avere in mano le redini.»

«Non so cosa dire», Luigi stava ritrovando la voce, «tu cosa ne pensi? Cambiare il nome della società, la società voluta da tuo padre...»

«Caro Luigi, i tempi cambiano e poi tutto quello che è accaduto alla Giulieri mi ha fatto capire quanto eravamo vulnerabili in tutti i sensi. Non si può più lavorare se non ci si adegua al mercato e non si investe in nuovi progetti. Davide è giovane, pieno di idee e i soldi che saranno investiti produrranno sicuramente benessere e nuovi posti di lavoro. Nessuno dei Giulieri ha mai lavorato per arricchire se stesso, per cui, ben venga questo cambio di rotta e di nome e un benvenuto a te socio!»

Milano

Da qualche mese aveva ripreso a frequentare il campo pratica, la primavera era arrivata senza che se ne fosse accorta.

Tirare palline e lavorare nella perenne attesa di notizie di Mark era diventato il suo modo di sopravvivere. Consolatoria la sua quasi certezza che fosse vivo ma quella morsa d'ansia che le attanagliava lo stomaco non voleva lasciarla. Il campo pratica era illuminato quindi anche se faceva tardi in ufficio riusciva sempre a godere di un paio d'ore all'aria aperta. Duecento palline era il limite che si era data. Iniziava sempre con il legno uno per passare al legno cinque, il ferro sette il suo preferito, poi l'ostico quattro e per rilassarsi il sei e il nove. Il pich e il put li allenava solo quando riusciva a raggiungere il campo nei fine settimana. Sì perché i fine settimana li trascorreva quasi tutti in Liguria con suo padre che aveva ormai scelto di vivere nella "casetta delle vacanze", così la chiamavano, anche se in realtà si trattava di una vecchia villa di famiglia eredità del nonno paterno e che conservava fra le sue mura i ricordi di tutti loro, i momenti più belli.

Anche se questo Golf Club alla periferia di Milano non si poteva annoverare fra quelli d'élite l'ambiente era comunque discreto e signorile. Questo campo essendo para-comunale concedeva l'ingresso anche a "non soci" a fronte del pagamento di un biglietto e lei essendo residente nel Comune, godeva anche di uno sconto. Era piacevole trascorre lì il suo tempo libero. Le ragazze della segreteria la salutavano con simpatia e i vari maestri, passando dalla sua postazione, spesso si complimentavano per il suo swing. Nessuno mai era andato oltre manifestando curiosità con domande impertinenti. Quella sera invece successe qualcosa di strano, di diverso.

Fra i professionisti ce n'era uno originale e bizzarro nel suo modo di rapportarsi con il clienti. A dire il vero i suoi clienti sembravano una piccola corte dei miracoli. Persone dalle caratteristiche fisiche per niente adatte alla pratica di un qualsiasi sport e che si erano avvicinate al Golf senza sapere quanto anche questo sport potesse essere molto più duro di quello che poteva apparire. Lo aveva osservato e ammirato per come riusciva, al di là di ogni legge della fisica e della meccanica, a insegnare a giocare a queste strane persone. Lo aveva visto legarli a un albero, utilizzare gli strumenti più strani per obbligarli a mantenere equilibrio e assetto. Tutto questo la divertiva. La dedizione di quest'uomo era pregevole. Quella sera lo strano maestro l'aveva avvicinata, o meglio, si era diretto verso di lei con aria di rimprovero e passo baldanzoso.

«La vuole smettere di tirar palline?»

«Dice a me?» Valéry era sorpresa.

«Sì, sì, a lei. Ha uno swing perfetto, sicuramente un handicap molto basso e sembra una forsennata con questo suo continuo praticare!»

Le aveva tolto il ferro di mano: «Venga», intanto riponeva i suoi ferri nella sacca e svuotava i cestini di palle che non aveva ancora tirato, «andiamo in Club House a prendere un aperitivo. Ho una proposta da farle.»

Valéry si era ritrovata a seguirlo come si segue un pifferaio magico. In fondo relazionarsi con qualcosa o qualcuno di diverso dal suo ormai troppo stretto mondo non le avrebbe fatto che bene.

Intanto che camminavano verso il bar, lui, qualche passo avanti con la sua sacca in spalla, si era girato e fissandola con due occhioni azzurri come quelli dei bambini delle pubblicità: «Mi chiamo Jak, Jak Tarantino. Sono il "Crazy Teacher" appellativo che se anche mi è stato affibbiato con un poco di disprezzo dai miei colleghi, a me calza a pennello!»

L'ora dell'aperitivo era passata da un pezzo e in Club House non c'era molta gente. In fondo era metà settimana e l'ufficio il mattino seguente attendeva tutti.

«Si accomodi», le aveva detto Jak indicandole un divanetto bordeaux dall'aria di essere morbido e accogliente, «ordino l'aperitivo. Per lei? Io prendo un Negroni.»

«Un succo d'ananas.»

«Ma vuole proprio diventare santa! Non sia ridicola! Mi rifiuto di ordinarle un succo a quest'ora.»

«Allora...», le veniva da ridere, con aria interrogativa.

«Un'acqua tonica...?»

«Ho capito, ci penso io.»

Fece l'ordinazione e poco dopo arrivò il cameriere con una bottiglia di Cartizze ghiacciato e un piatto di stuzzichini. Fatto un piccolo brindisi alla proposta che ancora non conosceva, Jak l'aveva guardata ammiccando con la testa ripiegata da un lato e un sorrisetto malizioso, una faccia da scugnizzo napoletano, simpaticamente da sberle.

«Pensa di dirmi il suo nome?»

«O mio Dio, mi scusi!» Una Valeria finta contrita si portava le mani al petto, «Valeria, Valeria Contini è il mio nome ma gli amici e in famiglia mi chiamano Valéry.»

«Anch'io devo confessare che il mio vero nome è Giacinto ma sono Jak per tutti, amici e soprattutto nemici!»

Valeria era scoppiata, suo malgrado, in una spettacolare risata attirando su di loro l'attenzione dei presenti che sino a quel momento non avevano avuto una valida scusa per fissarli apertamente.

«Lo sa che è proprio bella quando ride?»

«Lo sa che lei è proprio un impertinente?»

Ora ridevano entrambi senza ritegno e, quasi alle lacrime, Valeria azzardò: «Quale la proposta?»

Domanda che nel contesto della situazione non sortì certo l'effetto di calmare la loro ilarità. Dopo una buona ora di battute scherzose e di risate alle quali ormai Valeria non si abbandonava da tempo Jak le disse finalmente cosa aveva in mente.

«Allora mia cara simpatica, "triste" signora, vuole dirmi il suo handicap?»

«Era sette ma non gioco da parecchio ... ora non saprei... Dovrei fare qualche gara per la ri-assegnazione.»

«Non c'è tempo. Domani parlo con il direttore del circolo e le organizzo un esame su diciotto buche. Sono convinto che riavrà il suo handicap.»

«Che fiducia! Non mi ha neppure vista in campo!»

«Non ce n'è bisogno. Lei esegue tutti i colpi da manuale e per di più ha un fisico d'atleta. Se come penso, anche i suoi nervi sono in grado di tenere sotto pressione, lei sarà la compagna perfetta. Devo partecipare a una gara l'altra domenica, una "Luisiana" maestro e allievo e vorrei farla con lei. Ha visto i miei allievi? Non ho speranza... Non è per me è proprio per loro che vorrei vincerla perché devono avere la sensazione di poter raggiungere dei risultati importanti. Qui ci si conosce tutti e non avrei potuto proporre a nessuno questa cosa, ma lei, lei può essere stata una mia allieva in qualche palestra invernale o in qualche campo estivo! Insomma, ci sta a darmi una mano in questa missione affinché questo sport possa veramente essere praticato da tutti?»

«Lei è incredibile Jak! Dietro quell'aspetto scanzonato e superficiale nasconde una sensibilità da fare invidia ai sommi poeti! Sì, ci sto! Sempre che si riesca a riavere la riqualifica per tempo.»

«Grazie Valéry. La farò chiamare dal direttore del circolo per l'esame in campo. Non so ancora bene cosa racconterò di lei. Resti sul vago e pensi solo a giocare al meglio. Ora scappo», strizzandole l'occhio, «ho una specie di "fidanzata" che mi aspetta!»

Il giorno della gara

Il giorno della gara era arrivato in un lampo. L'esame Valéry l'aveva fatto solo il venerdì pomeriggio e questo aspettare che lei potesse effettivamente prendere parte alla manifestazione l'aveva resa inaspettatamente nervosa. A ogni modo tutto era andato per il meglio e le era stato confermato un handicap otto. Meglio così, avrebbero avuto ancora più possibilità di piazzarsi. Bello sarebbe stato vincere!

Erano cinque i circoli di zona che partecipavano alla sfida. Diciotto le partenze in contemporanea da buche diverse. Il tempo previsto di quattro ore e mezzo di gioco. La partenza era stata fissata per le otto e trenta del mattino. Alla fine della gara un gran buffet per tutti i partecipanti e il pubblico in attesa dei risultati ufficiali e della premiazione. Il circolo aveva messo in premio anche un anno di abbonamento per il dilettante con il miglior risultato.

Già dalle sette del mattino in Club House c'era stato un fermento incredibile. Neppure a un Open ci si sarebbe aspettati tanta partecipazione! Intorno al percorso del campo erano state approntate delle transenne per delimitare il pubblico che avrebbe seguito la gara. Diciotto professionisti, maestri di Golf che si portavano al seguito in quest'occasione quasi tutto il loro parco allievi e rispettivi amici e parenti. Una bella vetrina per i maestri e chi avesse vinto avrebbe avuto, di naturale conseguenza, l'opportunità di nuove richieste per lezioni e gare. L'intento di quasi tutti era questo, non quello di Jak.

Jak Tarantino perseguiva il suo sogno, rendere il Golf uno sport per tutti e dare speranza ai suoi allievi, persone spesso che arrivavano a lui per non essere riusciti con altri maestri a ottenere il gusto di giocare in campo.

La formula della "Luisiana" a due poteva anche mettere in secondo piano il professionista visto che la regola principale è che si deve scegliere il miglior colpo ed entrambi i giocatori giocano da quella posizione, così via sino a imbucare la palla.

Alle otto e trenta tutte le coppie, dalla buca assegnata a sorteggio, avevano dato il via all'avventura.

Valéry e Jak si erano alternati nei colpi con grande maestria. La lunghezza dei legni di lui e la precisione dei put di lei sembravano essere una formula magica. Dalle indiscrezioni del pubblico avevano saputo che solo un altro team stava segnando uno score al loro livello. Jak ne era un poco preoccupato ma quando si erano portati a casa un "hole in one" a un par tre, tutto era diventato più facile. Da lì in poi era sparita tutta la tensione e si erano divertiti tantissimo sino a far impazzire tutto il seguito segnando un "albatross". Che giornata meravigliosa e che soddisfazione vincere e non solo la sfida di circolo, Valéry aveva ottenuto anche l'ambito premio di un anno d'abbonamento!

Quello che poi l'aveva assolutamente lasciata basita era stato ricevere gli sms di Vittorio, suo padre: "Trasmettevano la gara su una televisione privata e tesoro, sei stata grande! Inquadravano quasi sempre te, forse perché sei bellissima! Ti voglio bene. Papà."

Alla fine di questa giornata fantastica Jak l'aveva abbracciata: «Grazie Valèry, grazie a te, per una volta mi sono qualificato al primo posto!»

«Non dire sciocchezze Jak. Giochi in un modo meraviglioso e cosi lungo...!!!»

«È vero, credimi. Sono l'eterno secondo e anche nelle qualificazioni di tornei importanti, spesso è per un maledetto colpo che non mi qualifico. Bando a queste tristezze, hai visto come erano felici i miei allievi?»

«Sì. Mi ha commosso quel ragazzino claudicante che ci ha seguito per tutto il percorso...»

«Ed è anche bravino. Sono riuscito a insegnagli un mezzo swing che gli consente di giocare.»

«Sono io a ringraziarti caro "maestro" mi hai fatto vivere un'esperienza fantastica e ora che sono pure socia ad honorem per un anno... probabilmente approfitterò di qualche tua lezione!»

«Quando vuoi ma togliti dalla testa di pagarmi. Ho già in mente di trascinarti in un'altra avventura oltre oceano!»

«Jak guarda... c'è una ragazza laggiù che ci fissa!»

«È la mia pseudo fidanzata. Una storia strana. Ora vado da lei. Ci vediamo al campo pratica nei prossimi giorni.»

Un personaggio sempre più complesso, pensò Valeria fra sé e sé, però è simpatico e l'idea che valesse molto più di quello che dava a vedere si era ormai radicata nella sua mente.

Riccardo

Era entrato piano senza fare rumore e l'aveva vista intenta a studiare un mucchio di carte sparse sulla scrivania.

Sua sorella era proprio bella ma quando si concentrava dimentica di tutto ciò che la circondava diventava addirittura stupenda e sexy. Sin dai tempi dell'università aveva preso l'abitudine mentre studiava di raccogliersi i capelli in una crocchia dietro la testa trattenuta da un paio di matite.

Il braccio sinistro appoggiato, piegato e il volto si adagiava nel palmo della mano. L'espressione imbronciata delle labbra troppo spesso aveva impedito ai maschi presenti in biblioteca di concentrarsi su quello che stavano leggendo.

Il bello di Valeria è che non se ne era mai resa conto.

Si era concesso qualche minuto per osservarla prima di palesare la sua presenza.

«Valéry…». Lei aveva alzato gli occhi dalle carte lentamente come se tutto il suo essere stesse emergendo da un altro mondo.

«Riccardo, non ti ho sentito entrare. Tutto bene?»

«Certo mia splendida sorella, magnificamente direi!»

«Aspetta un secondo prendo un appunto e poi mi racconti tutto.»

Si era immersa nuovamente nei suoi pensieri e aveva scritto una nota a matita di fianco al testo del contratto che stava esaminando, poi, come a indicare che quel lavoro per il momento poteva aspettare, si era sfilate le matite dai capelli e scuotendo la testa aveva lasciato che le ricadessero sulle spalle.

Altro gesto abituale che Riccardo conosceva bene e che la rendeva estremamente desiderabile.

Sorrise dentro di sé pensando: mia sorella è un'arma impropria, meglio che non se ne renda conto dell'effetto che fa questa sua gestualità sul genere maschile, potrebbe trattenersi e perdere la naturalezza che la rende unica.

«Eccomi, ci sono. Dài», lo esortava, «raccontami cosa avete combinato con Federico Giulieri, Luigi Nava e Davide.»

«Mia cara», Riccardo con ostentata spavalderia si strusciava le unghie sul bavero della giacca, «sai che sono un mago vero?»

«Sì, sì, lo so. Smettila di fare il pavone e dimmi.»

«Bene, la variazione della denominazione sociale della Giulieri è stata approvata e stilati tutti i documenti per la nuova società. I soci saranno tre: Federico Giulieri, Luigi Nava, Davide Nava. Non intendo spiegarti tutti i dettagli visto che dovrai leggerti con attenzione i documenti per vedere se per caso ho commesso qualche errore od omissis, nel caso ne discuteremo. L'unica cosa di cui ti devo informare è che la sede legale della società sarà in Australia e che tu e io dovremo accompagnare Federico e Luigi nello studio che abbiamo scelto a Melbourne per concludere l'accordo alla presenza di Davide. Ragazza mia, fra una settimana si parte per l'Australia!»

«E bravi. Così avete manovrato per pagare meno tasse!»

«In un certo senso, anche se tutto questo risparmio darà l'opportunità di poter creare nuovi posti di lavoro in Italia, una nuova fabbrica è previsto verrà presto aperta in una delle nostre zone depresse.»

«Altri finanziamenti che piovono dal cielo! E poi perché dovrei venire in Australia anch'io?»

«Perché Davide vuole conoscerti, perché in quei giorni ci sarà una delle gare di Golf più famose e perché… in questa busta…», Riccardo aveva estratta una busta rossa da una tasca della giacca e la sventolava nell'aria, «ci sono gli inviti… e perché è ora che ti diverti un po'! Prima però devi leggerti i contratti, paghi pegno!»

«Sei un mostro!»

Alzandosi Valeria con un salto quasi felino aveva rubato la busta che Riccardo ancora sventolava nell'aria e fingendo di essere contrariata: «Ora vattene che me li devo guadagnare!»

Mark e Dimitrij - Luglio 2005

Il periodo come osservatori alla base in Kamchatka per il progetto della Gazprom stava volgendo al termine.

Il presidente Putin aveva dato disposizione di organizzare presso il Cremlino una festa di saluto e ringraziamento per tutti gli agenti degli altri paesi che avevano trascorso i quattro anni previsti in quella base così isolata e nascosta agli occhi del mondo.

L'alta uniforme era prevista per quest'incontro sempre formale pur nel tentativo di non farlo apparire tale.

Un ricevimento in grande stile dove enormi recipienti di cristallo, contenenti caviale rosso della miglior qualità, affondavano in letti di ghiaccio e, vodka e champagne scorrevano in fiumiciattoli e cascatelle dalle quali gli invitati potevano servirsi senza sosta. Una ventina di splendide ragazze, figlie e nipoti degli ufficiali, completavano, nei loro abiti da sera, la coreografia dei saloni. La musica classica di sottofondo si mescolava alle chiacchiere frivole e al profumo dei sigari.

Mark stava punto scambiando qualche parola con una delle ragazze, forse la più bella presente alla festa, anche se non ci aveva neppure fatto caso perché era solo la sua ragazza italiana che aveva negli occhi e nel cuore, quando una voce a lui ben nota: «Colonnello Parker è un piacere incontrarla di nuovo!»

«Colonnello Alavjenko il piacere è mio.»

Mark aveva stretto la mano dell'amico che non sperava poter incontrare ancora.

La ragazza, abituata a queste situazioni, militari che s'incontrano e chissà di cosa devono parlare, a malincuore si era accomiatata dileguandosi fra la folla degli ospiti lasciandoli soli.

«Mark, sempre il solito, anche qui colpisci con il tuo fascino! Katiuscia mi avrebbe volentieri ucciso per averla privata della compagnia di un esemplare come te! Non hai notato lo sguardo che mi ha lanciato vedendomi avvicinare?»

«Figurati, è una ragazzina!»

«Figurati un corno! Siamo in Russia mio caro. L'amore libero lo abbiamo inventato noi!»

Dopo una serie di battute e prese in giro i due amici si erano appartati in un salottino e avevano iniziato a raccontarsi quello che avevano fatto da quando erano stati divisi.

Dimitrij era finito in Sud Africa per seguire l'installazione di un impianto di estrazione mineraria, mentre Mark aveva continuato nel suo incarico di osservatore contando i giorni che lo separavano dal poter ritornare nel suo paese. Ma c'era un ma.

«Dimitrij devo chiederti un favore. Purtroppo per me non è ancora arrivato il momento di riprendere in mano la mia vita. Un problema imprevisto. Mi è stata affidata una missione delicata in territorio di guerra e non ho potuto dire di no. A questo punto non so ne quando ne se potrò tornare negli States e soprattutto non so se potrò più rivedere Valéry.»

Dimitrij stava pensando a quell'uomo che gli stava di fronte. Un militare efficiente e determinato che nascondeva nel cuore un amore così grande.

«Dimmi cosa posso fare per te.»

«In questi anni ho scritto quasi una lettera al giorno a Valéry. Le prime lunghe e appassionate, piene di progetti per la nostra vita insieme, poi sempre più brevi sino a divenire raccolte di piccoli pensieri. Lettere che raccontano dei miei sentimenti onesti e sinceri. Lettere mai spedite. Volevo chiederti se riusciresti in qualche modo a fargliele avere. Io non ho proprio il tempo di cercare una soluzione.

Dovrò partire subito dopo questa festa e non vorrei le rimanesse nel caso non tornassi, qualsiasi vita abbia scelto di vivere, il ricordo di me come di un uomo che l'ha presa in giro. Se dovessi morire senza farle sapere che non ho mai messo di amarla non ne avrei pace.»

«Non preoccuparti Mark. Farò in modo che le lettere arrivino a destinazione. Le hai con te?»

«No, sono nel mio bagaglio, non pensavo che avrei avuto la fortuna di incontrarti. A nessun altro avrei potuto chiedere questo favore.»

«Allora appena sarà opportuno lasceremo la festa e andremo a prenderle.»

Fecero così.

Prima di consegnare il plico all'amico, Mark scrisse un'ultima lettera.

Sicuro di aver lasciato in buone mani il suo piccolo tesoro epistolare, poche ore dopo, Mark s'imbarcò su di un aereo militare che lo avrebbe paracadutato in Iraq.

Marika - Autunno 2005

Finalmente dopo quasi quattro anni, ormai in possesso del permesso di soggiorno e assunta in modo regolare, poteva permettersi di tornare a casa e vedere la sua famiglia.

Tre settimane di vacanza previste dal contratto!

In quel tempo in cui aveva lasciato l'Ucraina la più grande delle sue figlie si era fidanzata, sposata e ora aspettava un bambino. La più piccola aveva terminato gli studi e lavorava come contabile presso un'azienda governativa.

Sapeva dalle mail che si scambiavano che comunque erano tutti insieme nella solita casa, suo marito, il genero le due ragazze e la vecchia suocera.

Probabilmente per lei non ci sarebbe stato posto a meno che non avesse dormito con il marito, soluzione che non riteneva opportuna. Ormai la loro storia era chiusa ma nessuno dei due aveva mai chiesto il divorzio. Avrebbe dovuto riflettere anche su questo.

Certo che se Dimitrij fosse entrato nuovamente nella sua vita, se anche lui avesse rinunciato a quella moglie che non amava...

Troppi pensieri. La cosa più bella per il momento erano le sue vacanze e un viaggio su di un meraviglioso pullman con aria condizionata.

Lontano ma vivido nella memoria l'altro viaggio quello che l'aveva portata in Italia.

***

Arrivata alla stazione degli autobus di Sebastopoli non c'era nessuno ad attendere il suo arrivo. Anche se un moto di delusione le aveva stretto lo stomaco, tutto sommato, se lo aspettava. Neppure uno dei componenti della sua famiglia aveva mai dimostrato quel pathos di cui lei era intrisa e che stava comunque ben attenta a non dare a vedere.

I suoi sacrifici per aiutare tutti, il suo allontanarsi dalla sua gente, dal suo paese, dalla sua difficile lingua che quasi nessuno parlava, erano ormai cosa scontata e priva di valore intrinseco. Lei mandava i soldi ed era solo questo che la legava a loro. Un sano pragmatismo non guastava, anzi dava la giusta connotazione alla sua visita. Forse, questa ospite inattesa, non aveva più alcun diritto affettivo era solo un bancomat dal quale attingere denaro sino a che le operazioni non avessero dato "credito esaurito".

Malgrado queste considerazioni che da tempo aveva fatto silenziosamente con se stessa, il desiderio di vedere le sue figliole era grande.

Il conducente stava scaricando i bagagli dalla pancia del pullman e lei attendeva paziente il suo turno per recuperare i propri. Due grosse valige piene di regali, vestitini per il futuro nascituro, vasetti di pesto ligure e spaghetti e dolcetti. Gusti completamente diversi da quelli a cui erano abituati lì, prelibatezze che sperava avrebbero apprezzato.

Stava per allungare la mano e prendere i manici delle valige quando vide due mani da uomo impugnarli con sicurezza e trarle dal mucchio come se non pesassero nulla.

Non conosceva nessuno così abile a sfilarle le borse come Dimitrij!

«Cosa ci fai qui? Vuoi farmi venire un infarto?»

«Mia bella signora, sono venuto a prenderti! Appena mi hanno segnalato che avevi passato la frontiera ho fatto in modo di giungere puntuale. Immaginavo che la tua meravigliosa famiglia non ne avrebbe trovato il tempo e che forse saremmo riusciti a rubare qualche ora per noi. A proposito, l'infarto me lo fai venire tu. Sei sempre più bella e ora hai anche un'aria più sofisticata e direi, europea!»

Marika lo stava guardando scuotendo la testa, e il sorriso le illuminava il viso e gli occhi ridevano di felicità.

Forse era questo che sperava di trovare tornando a casa.

«Baciami.»

Un ordine perentorio che Dimitrij si guardò bene di discutere.

Trincerati fra le grosse valige poggiate a terra ai lati delle loro gambe i loro baci e i loro abbracci non avevano avuto più il senso del tempo, la folla dei viaggiatori si era dispersa, il pullman era ripartito e il sole stava calando all'orizzonte.

«Andiamo Marika», Dimitrij era emerso per primo da quell'incantesimo, «ho preso una stanza in un albergo qui vicino.»

«Ma devo andare dalla mia famiglia...»

«Tesoro, manda un sms e dì che l'autobus è in ritardo. Non credo che possa cambiare molto in poche ore o che si possano stravolgere i vostri rapporti. Mentre, per noi questa è una di quelle rare occasioni che non possiamo perdere.»

L'albergo era effettivamente molto vicino. Una struttura imponente e a modo suo elegante. La stanza grande, i soffitti altissimi e il mare che si vedeva dalle grandi finestre sembrava voler entrare con il suo luccichio riflettendosi negli ampi specchi appesi alle pareti.

«Ti preparo un bagno così ti riprendi dal viaggio, nel frattempo ordino una cena e poi vorrò sapere tutto quello che hai fatto in questi anni.»

«Sei gentile, ma... non so se ti racconterò proprio tutto!»

Maliziosamente Marika parlava guardandolo e atteggiandosi a diva del cinema.

«Vai, infingarda, altrimenti la cena te la sogni!»

Dimitrij fingeva di non essere stato toccato dal suo fare ma non era assolutamente vero. Il suo corpo stava reagendo prepotentemente e ci voleva tutto il suo autocontrollo per non lasciarsi andare al desiderio di possederla subito.

Ripulita, truccata, vestita con abiti nuovi si sentiva un'altra e sapere che avrebbe cenato con Dimitrij la rendeva euforica. Non era più il tempo di porsi domande. Era il tempo di vivere. Era sempre comunque il tempo di vivere.

Al suo ingresso nella sala da pranzo, Dimitrij si era alzato dal tavolo dove la stava aspettando e le aveva cortesemente spostato la sedia affinché anche lei si accomodasse a tavola.

Galante ma senza affettazione. Dimitrij era così in ogni cosa, diretto elegante, stupendamente sfacciato.

La conversazione aveva lasciato il posto al loro bisogno di cibo. Giunti al caffè e alla vodka Marika, rifocillata e rinfrancata dalla presenza dell'uomo che amava, aveva dato sfogo ai suoi racconti.

Aveva raccontato del viaggio di andata verso l'Europa, di come aveva optato per scendere in Italia, del contratto fatto con Mascia, della casa di Natascia e di come si fossero create situazioni mafiose legate alla disperazione della loro gente, della famiglia in cui con grande fortuna era capitata, degli insegnamenti di Vittorio, della sua amicizia con Valeria. Della morte di Rose e di quel nuovo lavoro che però la faceva sentire sola. I Contini forse erano stati, anche se per così breve tempo, la famiglia che lei non avrebbe mai potuto avere.

Persone che raramente s'incontrano e che ti fanno fare pace con il mondo e la sua indifferenza.

Di Valeria aveva parlato ancora. In quella foto in fondo Dimitrij appariva con l'uomo che lei amava e che era misteriosamente sparito. Gli aveva raccontato del tormento di quella splendida creatura dal cuore così grande e la sua determinazione nel non dimenticare, e di non smettere di cercare Mark.

«Tesoro», Dimitrij ora voleva Marika per sé, la voleva lontano da tutti questi ricordi e l'indomani l'avrebbe sorpresa con altre rivelazioni, «andiamo.»

«Ma di te non mi dici nulla? Della fotografia con Mark?»

«Una storia lunga che mi riservo di raccontarti domattina. Ora voglio fare l'amore con te. Non ce la faccio più ad aspettare.»

Il mattino dopo la loro meravigliosa notte d'amore, Dimitrij aveva mantenuta la parola e aveva raccontato a Marika di Mark, di come si erano conosciuti e del favore che gli aveva chiesto l'amico prima di partire per l'Iraq.

Certo era abituato a eventi imprevedibili e ai colpi di scena, nel suo mestiere erano all'ordine del secondo, ma che proprio Marika finisse a lavorare in Italia nella casa dell'innamorata del colonnello Parker, questa era stata una sorpresa anche per lui.

«Allora tu hai le lettere che Mark ha scritto a Valeria?»

«Sì. Sarebbe più sicuro che fossi tu a consegnarle quando tornerai in Italia.»

«Ma è una cosa fantastica! Chi lo avrebbe mai immaginato che proprio noi avremmo dato un po' di pace a quella donna!»

Noi, aveva detto noi. Di colpo si era ammutolita. Un noi fuori luogo, Dimitrij era ancora sposato e anche lei.

Lo stesso discorso ma il tono era cambiato.

«Quando mi darai le lettere?»

«Farò in modo di portartele prima della tua partenza.»

Dimitrij sentiva già il distacco. Un lavoro lo attendeva e quelle tre settimane sarebbe stato in un altro paese.

«Ho capito. Non dire nulla. So che manterrai la parola. Ora vado dalla mia famiglia. È stato bello incontrarti.»

Ancora una volta nessuna promessa, nessun programma per il loro futuro. La certezza di Dimitrij che lei sarebbe ritornata in Italia. Non fosse stato per la sua amicizia con Valeria, per le lettere che voleva portarle, forse gli avrebbe detto di non cercarla più.

Dopo aver viaggiato fra le stelle ora camminava su quell'asfalto grigio che l'aveva fatta ritornare prepotentemente con i piedi per terra.

Milano - Autunno 2005

Era in partenza per l'Australia per quello strano viaggio d'affari, piacere e chissà. Se non fosse stato per i biglietti per l'Australian Open di Golf probabilmente avrebbe trovato il modo di sottrarsi a quell'incombenza capitatale fra capo e collo. Notizie da parte di Cristiano non ne aveva ricevute e ormai di tempo ne era passato parecchio. Quasi a leggerle il pensiero in quel momento il citofono dell'ufficio aveva suonato.

«Chi è?»

«Valéry, sono Cristiano. Passavo di qui e volevo dirti due parole.»

«Sali Cristiano.»

Il cuore le batteva fortissimo, i palmi delle mani erano madidi di sudore. Teneva la porta d'ingresso aperta aspettando il suo amico investigatore e ci si aggrappava come fosse l'unico modo di rimanere eretta. Cristiano uscendo dall'ascensore si era subito reso conto dello stato d'animo dell'amica.

«Valéry chiudi che scendiamo a bere qualcosa e a prendere un po' d'aria. Possiamo parlare anche al bar e io ho proprio necessità di bere un caffè.»

Aveva ubbidito come un automa.

Seduti al piccolo caffè sotto lo studio, bevuto un generoso bicchiere d'acqua, aspettava che Cristiano iniziasse a parlare.

«Va meglio? Direi di sì. Hai ripreso colore. Senti Valeria quello che ti racconterò adesso è il frutto di mesi di indagini e di favori richiesti ad amici di tre continenti. Non è molto comunque e dovrai accontentarti. Mark, o meglio, il Colonnello Parker e stato reclutato dal suo governo per una missione che doveva durare quattro anni. Non poteva dire a nessuno dove sarebbe andato. Attenta quello che ti dico è "top secret" per cui fammi un favore e quando avrò finito dimenticalo. Dunque, che fosse in Kamchatka nel duemilatre lo abbiamo saputo dalla fotografia che ti ha mostrato Marika, però l'unica informazione che ho ottenuto è che la missione è finita ma il colonnello Parker non è rientrato negli USA.»

Valeria ascoltava e stava nuovamente impallidendo.

«Valeria, fammi un favore, mettici una pietra sopra e ricomincia a vivere. Non puoi ridurti così tutte le volte che speri di avere la possibilità di rivederlo o ritrovarlo. Se posso essere sincero, e lo sarò anche a costo di farti male, stavi meglio quando ti eri convinta di averlo perso. Anche se ti atteggiavi a vedova inconsolabile almeno non rischiavi un colpo apoplettico tutte le volte che pensavi a lui.»

«Grazie Cristiano per la franchezza e per aver messo in moto tutto quello che hai potuto per raccogliere queste informazioni. Cercherò di farmene una ragione. Se il Colonnello Parker non è riuscito a comunicare con me in tutti questi anni, al di là del fatto che non potesse farlo per motivi a me oscuri, forse non mi amava abbastanza o meglio non mi aveva mai amata. Uno come lui doveva trovare il modo per farlo! Domani parto con Riccardo per l'Australia e ti prometto che non rivolgerò più il mio pensiero a quell'uomo. Dedicherò questo viaggio a me stessa e al divertimento che mi procura il mio sport preferito. Sono stata ridicola immolandomi al ricordo di qualcuno che è sparito dalla mia vita come ha fatto lui.»

«Sono proprio felice che tu abbia deciso di riprendere in mano la tua esistenza.»

Cristiano aveva commentato con entusiasmo la decisione di Valéry ma non aveva certo ignorato il fatto che lei non avesse più pronunciato il nome Mark.

***

Rientrata in ufficio prese il telefono e compose il numero della segreteria del Golf del quale ormai dopo la gara era divenuta socia.

«Golf Club buongiorno. In cosa posso esserle utile?»

«Buongiorno a lei signorina. Potrebbe passarmi il campo pratica, vorrei parlare con il maestro Jak Tarantino.»

«Subito signora.»

«Campo pratica mi dica, come posso esserle utile?»

«Signorina sono Valéry Contini, potrebbe passarmi il maestro Jak Tarantino?»

«Signora, il maestro sta facendo lezione. È urgente?»

«Direi di sì.»

«Allora resti in linea porto il cordless alla sua postazione.»

«Valéry! Cosa succede perché tu ti prenda la briga di telefonare a un uomo?»

Il solito Jak sempre scherzoso ma sempre più profondo e attento di tanti altri.

«Maestro, volevo informarla che sono in procinto di partire per l'Australia e che ho anche i biglietti per seguire l'Open! Per cui se non mi vedrà girovagare per il campo può stare tranquillo non ho abbandonato il Golf. Tutt'altro!»

«Fantastico! Però sbrigati a tornare perché ho quel progetto oltre oceano e ti voglio con me! Fai buon viaggio e divertiti ma se riesci anche a tirare qualche pallina meglio... così non mi torni arrugginita!»

«Grazie Jak. Ci rivediamo fra una decina di giorni.»

Jak non era solo il suo compagno di Golf era anche l'unico amico che non sapeva nulla di Mark quindi con lui tutto sembrava essere più facile.

Australia

Durante il lungo volo verso l'Australia Valéry aveva scoperto con gradita sorpresa che i suoi compagni di viaggio erano veramente simpatici. Persone a modo e senza atteggiamenti boriosi tipici di quei capitani d'industria che si sentono dei semi dèi e ai quali sembra tutto dovuto. Federico Giulieri aveva anche un repertorio di barzellette apprezzabili che sapeva alternare a discorsi sull'arte, la musica, il cinema. Era brillante e spassoso e raccontava con ironia delle sue esperienze di vita. Luigi Nava, che aveva immaginato un personaggio triste e dimesso, in realtà era un uomo molto affascinante e cortese, riservato e i suoi interventi stupivano per la puntuale pertinenza. Riccardo poi le voleva così bene ed era così attento ai suoi bisogni da non lasciarla mai senza una bibita, un caffè o uno snack. Di lavoro avevano parlato poco perché Federico voleva godersi queste ore come fossero una vacanza. Avrebbero avuto tutto il tempo una volta giunti a destinazione.

Alla prenotazione dell'hotel aveva voluto pensare Davide e aveva riservato loro le quattro suite del "The Langham".

Leggermente esagerata come cosa, d'altronde era comprensibile che questo nuovo extra milionario volesse offrire loro il meglio.

Una Limousine li aveva prelevati in aeroporto e condotti a all'albergo.

La reception toglieva il fiato! Una cascata e uno scalone a

forma di otto, l'atmosfera ovattata dei passi mossi sui tappeti vermiglio che coprivano gli splendidi marmi, ti facevano subito capire di essere in un luogo dove l'etichetta era direttamente proporzionale al genere di ospiti della struttura.

Le suite erano meravigliose, con i loro salotti, la frutta nelle ciotole di chiara fattura artistica e i generosi mazzi di fiori. La stanza da bagno enorme con una modernissima vasca idromassaggio, tuttavia, la cosa che toglieva il fiato era il panorama! Il terrazzo delimitato da lastre di cristallo fumé sembrava sospeso sulla vista della città e il mare della baia.

Così Valéry, senza neppure pensare al bagaglio, si era buttata sulla chaise longue ad ammirare il paesaggio e senza volerlo era scivolata nel sonno.

«Valeria, Valéry!»

Riccardo la chiamava dalla porta, ma lei non riusciva a capire dove si trovava. Poi l'interfono della camera. A fatica si era alzata e aveva risposto.

«Si?»

«Valéry, sono Riccardo. Sei pronta per la cena?»

A quel punto guardandosi intorno aveva realizzato di essere in Australia.

«O mio Dio! Riccardo mi sono addormentata!»

A Riccardo veniva da ridere ma si trattenne. Sua sorella stava finalmente lasciandosi andare e si era pure concessa di addormentarsi pur sapendo che avrebbero dovuto affrontare una serata impegnativa.

«Nessun problema. Ora fai una doccia fredda, cambiati e raggiungici al bar dell'albergo ti aspetteremo lì.»

Valéry aveva fermato l'ascensore al primo piano: quello scalone lo voleva proprio scendere a piedi e provare l'emozione delle star del cinema dei film degli anni sessanta!

Vestiva un tailleur nero di Armani e calzava sandali da mezza sera discretamente alti.

I due giovani uomini che stavano entrando nella hall in quel momento la guardarono con ammirazione. Uno era piccolo di statura, magro, capelli scuri e si muoveva nervosamente. L'altro alto, biondo, pacato e con un sorriso stupefacente.

Sicuramente erano una coppia. Che fossero Davide e Drew?

Lo avrebbe saputo di lì a breve.

Rallentò comunque, se fossero stati loro voleva avessero il tempo d'incontrarsi con gli altri uomini prima del suo arrivo.

Sarebbe sicuramente stato meno imbarazzante.

Vedendo i tre uomini che li aspettavano sorseggiando un aperitivo al banco del bar, Drew si era fermato.

Davide lo aveva guardato con aria interrogativa: «Vai Davide, devi incontrare tuo padre. Tranquillo, io ti seguo a ruota.»

Davide avanzava solo, si sentiva come in un limbo, intorno tutto sfocato, in dissolvenza.

Luigi si era staccato dal gruppo e gli era andato incontro con le braccia aperte, un gesto che Davide conosceva bene. Lo zio Luigi si presentava sempre così quando andava a trovarlo da piccolo. Avevano entrambi accelerato il passo e si erano ritrovati in un abbraccio non più infantile seppure intriso di significati passati.

Con voce tremante per l'emozione: «Papà... perché tutto questo tempo per saperlo?»

«Davide ci sono ancora tante cose di cui dovremo parlare. Ti racconterò. Quello che è importante che tu sappia è che ti ho sempre voluto bene e che ho amato tua madre senza riserva alcuna. Andiamo. Festeggiamo il nostro incontro con una cena fra amici, le persone che hanno permesso che tu e io potessimo riconoscerci come padre e figlio. Persone con le quali lavorerai e che restano comunque soprattutto amici veri. Gente abile nel proprio mestiere che non disdegna avere un cuore e comportarsi correttamente.»

«Lo so Papà. Me ne sono accorto. Figurati che l'investigatore è diventato un grande amico mio e di Drew. A proposito, ti presento Drew, il mio compagno. Anch'io ho un sacco di cose da confessarti!»

Drew si era avvicinato e aveva teso la mano a Luigi il quale, stringendola e guardandolo, aveva compreso quanta sicurezza e pace avesse potuto trovare in lui quel suo strano figliolo.

Una cena fantastica giocata fra racconti, battute, ottimi cibi e vini che scioglievano le lingue. Luigi e Federico raccontavano dei fatti accaduti alla Giulieri, ma solo di quelli che avevano trovato risoluzioni buffe, come quando un castoro aveva costruito una tana in un punto di tubature che servivano ai lavaggi dei pezzi ostruendo l'impianto con la conseguenza di un allagamento di tutto il reparto e, visto che la commessa doveva essere evasa, avevano noleggiato delle autobotti dei vigili del fuoco per risolvere la crisi. Drew raccontava del mare, dei viaggi con la sua barca a vela e decantava le meraviglie della zona. Riccardo tesseva le lodi di sua sorella e la incoraggiava a parlare di Golf e della sua ultima vittoria.

Davide era finalmente felice.

Solo il giorno dopo avrebbero affrontato gli argomenti societari con la dovuta serietà.

Tutto era andato per il meglio.

La volontà di creare un'azienda ancor più solida di quello che già era la "Giulieri Cruscotti SpA" entusiasmava questi imprenditori e l'incontro nello studio degli associati di Melbourne li aveva trovati concordi su tutti i punti contrattuali dei documenti stilati da Riccardo e Valéry.

All'aperitivo che ne era seguito, brindisi alla nuova società la "G&N International Cars Company Corporation", Davide e Drew avevano annunciato l'intenzione di sposarsi.

«Non sappiamo ancora né dove né quando, ma siete tutti invitati!»

Poi si erano salutati. Un poco a malincuore vista l'intesa che si era creata.

Luigi e Federico rientravano in Italia.

C'era molto da fare e volevano iniziare subito.

Riccardo avrebbe accompagnato Valéry all'Australian Master.

Mark - Iraq 2005
Strage di Haditha

Più che paracadutato si era sentito catapultato in territorio di guerra. Non era certo la prima volta che raggiungeva qualche contingente per situazioni di crisi ma in questo caso la sensazione che aveva provato era stata come respirare aria satura di tensione. Un'aria calda mista di polvere e fumo che avvolgeva le sagome dei soldati. Un'aria calda che sembrava bruciare i nervi scoperti di quegli uomini costretti in quei luoghi da troppo tempo. Il suo compito era proprio quello di cercare di tenere sotto controllo il più possibile la situazione che già preannunciava una qualche tragedia.

Anche se il conflitto era stato dichiarato concluso nel duemilatre dopo la caduta del regime di Saddam Hussein, in realtà si era trasformato in un continua guerriglia. Da una parte una guerra di liberazione dalle truppe straniere condotta da alcuni gruppi armati che le consideravano come invasori, dall'altra una guerra civile fra le varie fazioni. Un conflitto che aveva in sé il seme dell'eterno impossibile accordo fra quelle popolazioni.

Sembrava quindi che nessuno sapesse più quale fosse il nemico, quale l'alleato, di chi potersi fidare. Mark ci provava con tutte le sue forze, cercava in ogni modo possibile di mantenere la calma fra quegli uomini che a questo punto sembrava avessero perso il lume della ragione e spesso, dentro di sé, paragonava tutto questo al Vietnam. Avevano perso il senso, avevano perso il senno e nulla avrebbe potuto evitare la strage che si verificò solo quattro mesi dopo il suo arrivo.

Alle 7.15 del 19 novembre il caporale Miguel Terrazs viene ucciso da un ordigno rudimentale che ferisce altre due persone. I marines perdono la testa e fermano un taxi uccidendo i passeggeri, quattro studenti e l'autista. Poi in un raptus di follia si dividono ed entrano nelle case vicine. In una uccidono sette persone, nell'altra otto, nell'altra ancora quattro e prendono prigionieri donne e bambini.

La cosa più pazzesca era stata che qualcuno della compagnia si era preso la briga di ripulire il campo di battaglia al fine d'insabbiare l'accaduto.

Mark invece, appena gli era stato possibile farlo senza dare nell'occhio, si era recato sul luogo, jeans e maglietta, nessuna divisa, la barba un po' lunga e l'aspetto di un reporter con la sua fotocamera al collo a decretare l'attendibilità della sua professione. Aveva raccolto testimonianze, si era fatta un'idea di come si erano svolti i fatti e adducendo una scusa era rientrato negli States. Doveva fare personalmente rapporto al quartier generale. Una cosa del genere non poteva passare nel silenzio. I marines non avevano alcuna scusa, avevano ucciso dei civili disarmati entrando nelle loro case. Non avevano avuto pietà né di donne né di bambini. La fortuna di Mark era stata proprio l'aver parlato con una bimba sfuggita alla strage. La ragazzina gli aveva raccontato tutto quello che aveva vissuto nascosta agli occhi dei militari che stavano mietendo la sua famiglia.

L'America non era lì per questo.

Il generale lo aveva ricevuto, ascoltato ringraziato e congedato. Congedato in tutti i sensi.

Poteva finalmente riprendere la sua identità e la sua vita con una congrua pensione.

Un'uscita che aveva dell'amaro. Sembrava proprio che di quella terribile strage nessuno volesse farsi carico. Nulla avrebbe più potuto fare, ormai lo avevano scaricato.

***

Fuori dall'esercito, dalle forze speciali Mark non aveva una casa. Nessuno da cui tornare.

Si sarebbe lasciato Washington alle spalle. Senza nulla, con quattro vestiti nella sacca chiudeva la sua carriera.

Sapeva dove sarebbe andato, la sua meta ora era Aspen.

Valéry - l'open di Moonah Links

Il viaggio era durato poco più di un'ora, d'altronde la distanza dal campo da Golf, che era ubicato a sud di Melbourne, era solo di un centinaio di chilometri. Riccardo aveva optato per il noleggio di un'auto. Doveva essere una gita. Una bella gita da condividere con sua sorella. Parola d'ordine non parlare di lavoro. Così per sedare l'eccitazione di Valéry già protesa verso i green e gli score dei campioni che di lì a poco avrebbe visto giocare, avevano passato il tempo a cantare a squarcia gola le vecchie canzoni di Battisti e altri cantautori italiani.

Dopo il soggiorno nella suite del "The Langham hotel" la modesta struttura del "Peppers Moonah Resort" appariva come una pensioncina di paese. Con l'open in corso non c'era stato verso di ottenere camere separate. Valéry e Riccardo avrebbero condiviso una piccola doppia che Drew era riuscito a prenotare in via di favore tramite un suo vecchio compagno di regate che attualmente seguiva l'organizzazione di eventi fra cui anche l'Open. Però una volta in camera la sorpresa di trovarsi con il campo da Golf proprio sotto la grande porta finestra del piccolo terrazzo aveva trasformato quella sistemazione in una piccola reggia.

«Guarda Riccardo!», Valéry saltellava attaccata alla ringhiera del terrazzino, «Guarda, i professionisti stanno girando il campo con i caddy per decidere quali ferri saranno più idonei nelle varie situazioni!»

«Va bene che sei una campionessa», Riccardo si burlava simpaticamente di lei, «...ma come fai a sapere che stanno facendo questo giro d'ispezione?»

«Mio caro», e questa volta era Valéry che lo prendeva in giro ripetendo il suo gesto di strusciarsi le unghie sul bavero del vestito, «non so se te ne avevo parlato ma a Miami ho avuto la fortuna di girare in campo con un po' di questi signori e carpire loro un sacco di segreti e informazioni!»

«Adesso capisco, non è l'Open che ti mette tanta eccitazione ma l'idea di ritrovare qualche tuo vecchio spasimante!»

Ci fu un attimo di silenzio da parte d'entrambi. Miami era il luogo dove era iniziata la sua storia con Mark, era il tempo in cui Rose ancora viveva, era un tempo felice... Tutto questo era passato nello sguardo di Valéry e Riccardo, poi entrambi si erano scossi e imbracciati i cuscini avevano dato il via a una delle loro vecchie battaglie, quelle in cui spesso a perdere erano i lampadari della camera che intercettati da qualche colpo più energico perdevano la vita crollando rovinosamente a terra.

Le due giornate di qualificazione su trentasei buche avevano tenuto tutti con il fiato sospeso. Dalle terrazze d'osservazione il pubblico restava muto a ogni colpo per applaudire o sospirare secondo l'esito del tiro del campione seguito o del pericoloso avversario. Nelle altre due giornate a seguire, quelle i cui risultati sommati alla qualifica ne decretano il vincitore, l'emozione era diventata quasi palpabile. Valéry con la sua conoscenza del gioco aveva reso anche Riccardo partecipe e ora anche lui seguiva la gara trattenendo il respiro. Robert Allenby, professionista Australiano si era aggiudicato il primo posto con uno score di tutto rispetto: 63/72/72/77 per un totale di 284 colpi. La terza volta che questo giocatore si aggiudica l'Australian PGA!

Finita la gara, finita la vacanza Australiana, durante la quale quasi mai il suo pensiero era volato al colonnello Parker, si ritornava in Italia.

La casa vuota di affetti l'attendeva. Riccardo sarebbe stato in pianta stabile a Torino perché la società l'aveva assunto quale loro legale in esclusiva e lei che non aveva accettato l'analoga proposta, avrebbe continuato a lavorare nello studio di famiglia. Sentiva di doverlo a suo padre che con tanta abnegazione e amore li aveva preparati per questa carriera. Suo padre, Vittorio, sapeva che non sarebbe più tornato a vivere in quella casa pregna delle sofferenze patite da Rose e con gli armadi ancora zeppi dei suoi vestiti che trattenevano il suo profumo nelle trame dei tessuti. Balenciaga, le ultime gocce di questa essenza, non più prodotta, le aveva usate per profumare sua madre prima della cremazione.

Meno male che aveva il suo amico Jak al quale raccontare tutta l'emozione provata nel seguire colpo su colpo questo suo primo Open.

Il golf era diventato il suo unico scopo personale di vita, la sua valvola di salvezza, il suo rifugio.

Marika - Sebastopoli

Quelle tre settimane erano volate. Al fine si era sistemata a casa di una vecchia amica che abitava nel quartiere. Aveva trovato tutti bene. Le sue figlie ben vestite e nutrite dai soldi che lei puntualmente alla fine di ogni mese inviava, sua suocera sempre noiosa, suo marito quasi sempre sul divano a fumare e bere vodka, il genero non era male. Simpatico ma non aveva un lavoro. L'arrivo imminente del bimbo che aspettava la più grande delle ragazze, l'aveva tenuta lontana dalla voglia di recriminare su questo assurdo modo di vivere di tutti loro, che adagiandosi sui proventi del suo sforzo di lavorare lontano dalla sua patria, non cercavano altre soluzioni. Così ripartiva e lasciava nuovamente tutto in un fermo immagine stretto nel suo cuore. Dimitrji non si era più fatto sentire. Marika sapeva per certo che in qualche modo le avrebbe fatto avere le lettere per Valéry. Però strano, stava salendo sul pullman del ritorno e non aveva ricevuto ancora nulla.

Il posto accanto al suo era rimasto vuoto.

Forse questo autobus avrebbe fatto qualche fermata intermedia.

Dopo un paio d'ore di viaggio si erano fermati, una sosta in un punto di ristoro per sgranchire le gambe.

Quando erano risaliti nel posto prima libero sedeva Dimitrji.

«Eccoti qui! Come mai non riesco più a sorprendermi?»

«Perché sai che mantengo sempre le promesse!»

«Promesse? A sì, le lettere...»

«Marika ascoltami. Se non ti ho promesso niente è perché non potevo farlo. Perché non avrei potuto mantenere la parola. Devi credermi ti amo tantissimo e mi manchi ogni giorno ma la mia situazione non si è ancora risolta. Appena sarà possibile verrò a cercarti ovunque tu sia e da quel momento saremo solo noi. Hai chiesto il divorzio?»

«Non ancora. Lo farò solo quando tu sarai libero.»

Sapeva di essere un po' acida ma non voleva farsi incantare da parole alle quali temeva non sarebbero mai seguiti i fatti.

«Marika, ascoltami. Capisco il tuo disappunto e forse è meglio che ti spieghi il motivo per cui non posso lasciare mia moglie. Lei è molto malata. Soffre di una rara sindrome degenerativa. Le sue ossa si frantumano, i suoi muscoli si atrofizzano. È un calvario che sopporta da diversi anni. Non te ne avevo parlato perché poteva sembrare una scusa e non volevo che il nostro amore venisse intaccato da pensieri negativi.»

Marika rifletteva su quanto appena appreso. La sua esperienza come badante l'aveva resa più sensibile verso queste situazioni.

«Mi dispiace Dimitrji se sono stata sgradevole. Non immaginavo. E ora come sta? Tu sei sempre in giro... chi bada a lei?»

«È assistita notte e giorno. Le cure sono molto care e il tempo che le rimane è sempre meno. Fortunatamente sono ben retribuito e riesco a far fronte a tutti i costi. Senza di me finirebbe in qualche squallido ospedale. Se la lasciassi non potrei mai perdonarmelo.»

«Non lo vorrei. Non potremmo mai essere felici.»

«Marika devo scendere. Il pullman deve riprendere il viaggio. Tieni queste sono le lettere di Mark. Sappi che è un amico e un uomo eccezionale e che ama la sua donna così visceralmente... Credo che lo scoprirà leggendole. Buon viaggio. Io ti scrivo, ma solo nel mio cuore.»

Un bacio veloce e Dimitrji non era più lì.

Milano

Valeria era in studio a stava rimettendosi al lavoro.

C'era diverso arretrato ma non aveva importanza. Il viaggio in Australia era stato magnifico e fantastico condividere del tempo con suo fratello come ormai non avveniva da anni.

Un sms. Era da parte di Jak.

"Ciao. Sei tornata? Appena puoi passa dal Golf che ci dobbiamo organizzare per la gara. Non c'è molto tempo."

Cosa si era inventato ancora quel pazzariello?

"Sì Jak sono tornata. Passo questa sera. Ora ho un po' di lavoro. Voglio raccontarti tutto dell'Open!"

"Perfetto ti aspetto per l'aperitivo in Club House. A dopo."

Al suo arrivo in Club House ormai era buio da un pezzo. La segreteria nei mesi invernali chiudeva prima. Rimaneva aperto solo il bar per qualche aperitivo e i ritardatari del bridge. Jak se ne stava seduto, stranamente tranquillo, e leggeva l'ultimo numero di *Golf Magazine*. Si era silenziosamente avvicinata: «Maestro, posso disturbarla?»

Nel sentire la sua voce Jak era scattato in piedi e i suoi occhi erano divenuti subito febbricitanti: «Valéry, finalmente! Siediti. Succo di frutta o un Catrizze?»

«Vada per un bicchiere di vino!»

«Allora Jak racconta. Cosa succede? Perché tutta questa urgenza di vedermi?»

«Ti avevo detto che ti avrei coinvolta in una gara oltre mare… ecco, qui c'è il tuo biglietto aereo.»

Jak aveva estratto dalla tasca il biglietto della TWA e glielo aveva consegnato.

«Ma… oggi è il due Dicembre e questo biglietto è per il cinque, significa che dovremmo partire lunedì!»

«E sì, mentre tu ti trastullavi in Australia io ho lavorato sai! Ho contattato i miei colleghi in America e abbiamo organizzato una "Luisiana". Ognuno di noi si porta il suo miglior allievo», guardandola aveva inclinato la testa con una strizzatina d'occhio, «ma questa volta non sarà tanto a beneficio dei maestri o del circolo che ci ospita, saranno raccolti fondi per la federazione italiana Golf per disabili. Non puoi dire di no, siamo già iscritti!»

«Permettimi, perché in America? Perché in questa data? Perché io?»

«Ascoltami bene. Ti sei accorta che la prossima settimana ci sarà il Ponte di Sant'Ambrogio? Quest'anno cade di mercoledì per cui la città si trasferisce in montagna, al mare o su qualche ambito campo da Golf. Allora, con il nostro circolo, che è collegato a un'agenzia viaggi, ho concordato che una percentuale sul viaggio sarà devoluta alla Federgolf disabili, con il Miami Beach Golf Club ho ottenuto una provvigione sia sui pernottamenti che sulle iscrizioni e poi sono riuscito a organizzare un'asta a fine gara dei ferri usati dai migliori giocatori. Almeno al ritorno viaggerai più leggera!»

«Siamo già a Dicembre!!!»

Valeria si guardava intorno e solo in quel momento notava gli addobbi e il grande albero di Natale.

Possibile che questa sua passione la dovesse sempre riportare a ricordare il colonnello Parker? La manifestazione si sarebbe svolta sullo stesso campo dove cinque anni prima…

A Jak non aveva raccontato niente ed era meglio così. Non poteva rifiutarsi. Come sempre Jak si presentava con un progetto altruista e lei avrebbe accettato.

«Mi hai convinta. Vado a fare i bagagli. Però in quest'ultimo mese non ho praticamente mai giocato.»

«Vieni nella mia palestra invernale sabato e domenica pomeriggio. Ho un simulatore e ci alleneremo proprio sul campo di Miami!»

Non finiva mai di stupirla.

«Ok. Agli ordini maestro.»

Valéry era scattata sull'attenti poi si era girata sui tacchi e aveva preso la via di casa.

Marika

Rientrata a Milano, ripreso le sue mansioni presso la casa dove lavorava, Marika aveva cercato di mettersi in contatto con Valéry. Alla segreteria telefonica di casa le aveva lasciato un messaggio di richiamarla ma non aveva ottenuto risposta. Allora aveva chiamato l'ufficio, confidando di non disturbare, ma la segreteria dello studio avvisava che sarebbe rimasto chiuso sino al quindici dicembre.

Sembrava incredibile che dopo tanto tempo e tanta distanza percorsa con mezzi e modi così poco convenzionali, ormai a pochi chilometri dall'indirizzo di consegna, quelle lettere dovessero ancora attendere per essere lette.

A rischio di apparire inopportuna, aveva lasciato un altro messaggio a quella di casa dove chiedeva a Valeria di chiamarla urgentemente non appena fosse tornata.

Valéry

Questa volta il viaggio a Miami aveva avuto un sapore diverso.

I radicali cambiamenti, le perdite subite in quegli anni, l'avevano trasformata in una donna più matura. Era contenta di aver accettato la proposta di Jak soprattutto per il fine che si proponeva: la raccolta di fondi per la Federgolf disabili. Però, l'entusiasmo di allora, di quando aveva incontrato suo cugino Evans tra un volo e l'altro per lo scambio dei regali Natalizi e conosciuto Mark che si era insediato nel suo cuore e aveva reso quella vacanza indimenticabile, rovinandole poi l'esistenza con la sua sparizione, quell'atmosfera magica era andata perduta.

Di contro il fatto di conoscere la lingua così bene aveva fatto sì che diventasse il riferimento unico di tutto quel folto gruppo di italiani che avevano aderito alla proposta della vacanza golfistica e, di problemi e domande ne avevano avute molte! Dalle prese che non erano dotate di trasformatori, ai malesseri per i quali occorreva spiegare i sintomi al medico dell'Hotel, alle indicazioni su come accedere ai vari servizi dedicati. Insomma, senza tregua!

Così quando era arrivato il momento di iniziare la gara si era resa conto di non aver neppure tirato qualche pallina in campo pratica. Si era ritrovata sul "T" di partenza e aveva dato il via alla sua migliore performance. Avevano vinto! Per la seconda volta Jak con lei aveva ottenuto un primo posto. In uno slancio d'entusiasmo alla fine del percorso l'aveva baciata. Non le era dispiaciuto. Forse che i suoi sensi si stessero risvegliando, forse che stesse ritornando alla normalità?

Jak aveva avuto ragione. L'asta dei ferri era stata un successone. Solo per i suoi erano stati raccolti trecentomila dollari ed era effettivamente tornata a Milano alleggerita senza neppure più dover attendere in aeroporto lo sbarco del suo bagaglio speciale.

Pensava a tutto questo durante il lungo volo di ritorno ma anche che, quest'anno, in barba alla previsione del terribile freddo che si stava abbattendo sull'Europa, la sua estate sembrava non avere fine. Tutti i week end che aveva trascorso in Liguria da suo padre a partire dalla primavera, l'intero mese di Agosto, L'Australia e ora la Florida. A proposito di suo padre, erano quasi due mesi che non si vedevano, doveva assolutamente raggiungerlo per qualche giorno. Forse non sarebbe più stato il tempo per le sue adorate infradito, ma alle loro chiacchierate passeggiando sulla battigia non avrebbero certo rinunciato qualunque potesse essere la situazione climatica.

***

Salutato il gruppo, Jak l'aveva accompagnata a casa.

«Grazie Jak, grazie di tutto. È stata una bellissima esperienza.»

«Grazie a te Valéry, e… scusa se…»

Jak era imbarazzato per quel bacio…

«Non preoccuparti.»

«Amici?»

«Amici.»

Il taxi era ripartito nell'oscurità di quella sera d'inverno.

***

Il tredici dicembre. Faceva un freddo terribile.

Valeria sarebbe passata in studio l'indomani. Non aveva lasciato in sospeso pratiche urgenti. Ormai in quel mese i tribunali chiudevano o battevano la fiacca. Le sarebbe bastato controllare la segreteria telefonica e cambiare il messaggio con gli auguri di Buon Natale.

A casa aveva trovato una chiamata di Marika. Troppo tardi per richiamarla. Il mattino seguente le era passato di mente ma in ufficio ce ne erano un altro paio e dicevano essere urgente che si sentissero.

«Buongiorno, mi scusi, sono Valeria Contini. Vorrei parlare con la signora Marika.»

A rispondere era stato un uomo.

«Mi dispiace. Marika è in ospedale con mia madre. Le riferirò della sua chiamata.»

Valéry sbrigò le sue faccende. Chiuso lo studio partiva per raggiungere suo padre. Avrebbero anche dovuto organizzare dove festeggiare il Natale. Con quel freddo sarebbe stato meglio optare per la casa di famiglia dove ormai viveva solo lei. Almeno avrebbero goduto del riscaldamento e delle comodità cittadine. In cantina c'erano riposti gli addobbi e l'albero che utilizzava Rose. Con quelli e gli oggetti più ricercati sua madre riusciva a rendere la casa simile alla residenza di Babbo Natale. Aveva un culto per questa festa ed era arrivato il momento di rispolverare le vecchie abitudini. Rose l'avrebbe approvato.

Marika

L'anziana signora alla quale stava badando aveva subito un arresto cardiaco. Le sue condizioni generali non consentivano d'intervenire al cambio di una valvola con un'operazione. Per Marika molto presto sarebbe arrivato il tempo di fare nuovamente i bagagli. Cambiare famiglia un'altra volta o cercare un lavoro diverso. Come badante non doveva preoccuparsi dell'alloggio o del vitto. Tutto era compreso nel suo contratto. Un altro lavoro avrebbe significato trovare un posto dove vivere, pagare un affitto e comprarsi il cibo. Di soldi da mandare alla famiglia ne sarebbero rimasti pochi.

Si sentiva un po' confusa: ancora denari a una famiglia che non poteva più neppure considerare tale e rinunciare a una vita sua magari un po' meno abbruttente di quella che stava vivendo?

A casa Contini, con Valeria, accudire Rose si trasformava in un gioco, poi c'era il signor Vittorio con il quale conversare, imparare. Dove si trovava ora, invece, solo lei e questa signora che non parlava mai e passava le giornate con lo sguardo perso nel nulla. L'unica azione che riusciva a compiere da sola era di portarsi il cucchiaio alle labbra per sorbire rumorosamente il cibo.

Valéry, mio Dio, non era ancora riuscita a parlarle! Le era stato riferito della sua telefonata fatta probabilmente non appena aveva sentito i messaggi ma ora doveva essere nuovamente fuori città e chissà sino a quando…

La segreteria telefonica dell'ufficio già recitava gli auguri di Natale.

Valéry

«Papà cosa ne dici di passare il Natale tutti insieme nella nostra casa?»

«Non saprei Valéry... Qui mi trovo bene. Ho qualche amicizia, il circolo...»

«Sei impazzito! Mi stai dicendo di preferire una partita a bridge ai tuoi figli?»

«Sei proprio una sciocchina. Certo che no. Non volevo condizionarti e pensavo che dicendoti di avere comunque compagnia non ti saresti sentita in obbligo di organizzare il Natale per questo tuo vecchio genitore...»

Stavano camminando sulla passeggiata. Il mare era grosso e onde grigie aggredivano la spiaggia. Vittorio aveva messo un braccio sulle spalle della figlia quasi a proteggerla dalle prime gocce di pioggia.

«Valéry, domani torniamo a casa. Qui inizia a fare troppo freddo e», con una strizzatina d'occhio, «di amici non ne ho poi così tanti!»

«Vieni, entriamo in quel bar. Ordiniamo una cioccolata e mi dici come vuoi organizzare.»

Valeria aveva spiegato al padre il suo desiderio di addobbare la casa come quando c'era la mamma e lei e Riccardo erano ancora ragazzini. Qualche giorno riuniti, loro due, Riccardo e la sua fidanzata storica e se Marika fosse stata libera il giorno di Natale sarebbe stato bello averla con loro per il pranzo. Magari si poteva estendere l'invito anche a Cristiano e Giovanna...

Natale 2005

La casa risplendeva. Valeria aveva voluto fare tutto da sola.

Specchi, cristalli, lampadari riflettevano le luminarie abilmente nascoste nell'opulenza delle file dorate e fra i rami dell'enorme albero posto nel salone.

I regali li avevano scelti insieme lei e suo padre sottoponendosi allegramente al massacro delle interminabili code pur di riuscire ad acquistare quello che avevano pensato per ognuno degli ospiti.

Per suo fratello Riccardo, visto il nuovo incarico alla "G&N" un orologio "Time Zone" che segnava contemporaneamente l'ora di tutti i fusi orari del pianeta, per la "cognatina" una sciarpa di seta Burberry, per Giovanna e Cristiano un pacchetto viaggio aperto con "Avventure nel Mondo", per Marika, che ormai poteva spostarsi a piacimento nel suo tempo libero, un elegante trolley di firma.

Per lei una nuova sacca da golf con relativi ferri e legni, visto che la sua era stata sacrificata all'asta di Miami e per il padre un computer scacchiera con sette livelli di gioco per le sue partite in solitaria.

Lei stessa aveva preparato i pacchetti regalo giocando con carte argentate e dorate e fiocchi di tutti i colori e bigliettini augurali che indicavano il destinatario del regalo.

La tavola era stata apparecchiata con l'antico, storico, tappeto rosso ricamato in oro, piatti di porcellana bianchi, bicchieri di cristallo e posate dorate.

Un centro tavola di rami di pino adorno di pigne dorate e candele rosse la completava.

Per il pranzo invece si era rivolta a un catering specializzato con tanto di cameriere che servisse a tavola.

Non voleva fare avanti e indietro dalla cucina e perdersi il gusto del cibo e delle chiacchiere!

Voleva coccolarsi fra il calore degli affetti, di quello che era rimasto della sua famiglia e degli amici più cari.

Voleva lasciarsi alle spalle le sofferenze del passato.

Marika

Un'altra volta di fronte al quel citofono. Emozioni diverse l'assalivano.

All'invito di Valéry aveva pensato: "quale migliore occasione per recapitare le preziose lettere" e per giustificare il motivo dell'insistenza delle sue chiamate si era decisa a raccontare una piccola bugia. Ora teneva in mano una scatola ben confezionata. Un prezioso tesoro da consegnare. Forse, almeno così sperava, il più bel regalo di Natale che la sua amica avrebbe ricevuto. Si era procurata anche una bottiglia della migliore vodka che era riuscita a trovare a Cascina Gobba. Ne avrebbe buttato giù volentieri una bella sorsata!

Si decise a suonare.

«Dài Marika Sali. Manchi solo tu!»

Una Valeria allegra ed eccitata la esortava per dare inizio alla festa.

Ridacchiando: «Sesto!»

La prendeva in giro da quando le aveva confidato l'imbarazzo della sua prima volta con quel numero sei!

Il pranzo

Valéry era al settimo cielo. Il pranzo iniziato con un antipasto di terra e mare, paté e insalate calde di pesce, aveva visto avvicendarsi portate di cibi tradizionali cucinati a puntino. Ravioli fatti a mano, la "dinda" al forno con contorno di patate al rosmarino, formaggi misti francesi e italiani dal Camembert alla fontina, vini della Valtellina e giunti al taglio dell'enorme panettone di pasticceria, sulla tavola era comparsa anche la crema di marsala e mascarpone preparata da lei stessa come da tradizione.

Giovanna e la fidanzata di suo fratello avevano fraternizzato subito, Riccardo e Cristiano parlavano dei vecchi tempi dell'università e del servizio di leva mentre Vittorio intratteneva, incantava, Marika e lei con gli argomenti più svariati.

Stappato un magnum di champagne italiano, aspettando il caffè, avevano dato inizio all'apertura dei regali.

Una nuova borsa di pelle per documenti il regalo da parte di suo fratello e un corso di difesa personale da Giovanna e Cristiano. A Vittorio vini pregiati e una giacca in Gore Tex® per le giornate invernali che avrebbe trascorso nella casa al mare.

C'era ancora quella scatola che Marika aveva continuato a fare in modo che lei non avesse ancora aperto...

«Tieni Valéry», ora gliela stava porgendo, «spero possa essere oltre a una sorpresa anche la tua nuova possibilità di felicità.»

«Marika mi sembri un po' sibillina... Cosa diavolo hai messo qui dentro?»

«Forse il tuo futuro. Dipenderà da te. Su, ora aprila.»

Valeria aveva tolto la carta con circospezione. Una scatola da scarpe. Sotto il coperchio un pacco di lettere legate con la stringa di un anfibio e infilato di traverso un foglio ripiegato: "Alla mia splendida ragazza italiana."

Bianca in volto, le mani tremanti, aveva letto muovendo le labbra silenziosamente.

"Ciao Valéry. Se queste lettere sono arrivate sino a te forse per noi ancora una speranza... Scusa sono inopportuno. Dopo tutto questo tempo magari mi hai dimenticato, ti sei fidanzata, sposata...

Voglio solo che tu sappia quanto è stato ed è grande il mio amore per te. Posso farmi una ragione di tutto ma non potrei mai sopportare che tu pensassi a me con rancore. Leggile per favore poi fanne quello che vuoi. Buttale, bruciale ma perdonami. Se uscirò vivo da quello che mi aspetta, e che ancora una volta non posso dire, e se... e se tu mi vorrai ancora, e se tu potrai volermi ancora, cercami dove abbiamo fatto l'amore per la prima volta, in quel luogo dove mi hai rapito il cuore. Sarà lì che ti aspetterò per sempre. Ti bacio amore mio. Mark."

Le lacrime scendevano calde, salate sulle guance di Valéry. Intorno a lei tutti mantenevano un silenzio rispettoso e imbarazzato. E lei parlò.

«Sono lettere di Mark. Credo che dovrete scusarmi. Andrò in camera mia a leggerle tutte. Marika, come le hai avute?»

«Le ho avute de Dimitrji quando sono stata in Ucraina lo scorso mese. Abbiamo parlato del mio lavoro in Italia e io gli ho raccontato della fotografia e della nostra amicizia e di come tu sia rimasta scossa nel vederlo con l'uomo che amavi e di cui non avevi più notizie. Così ha pensato che la cosa migliore sarebbe stata che fossi io a consegnartele. Era per questo che ti cercavo insistentemente. Penso che nessuno ne avrà a male se ora tu ti assenterai per assaporare il tuo regalo di Natale.»

Marika e Valéry si scambiavano uno sguardo complice mescolato a sofferenza e speranza.

Ancora una volta Vittorio, quel padre attento e speciale, aveva preso in mano la situazione.

«Cari ospiti dovete scusare la mia figliola che ora ci lascerà per un po' ai nostri giochi.»

«Vai cara. Vai in camera tua.»

Valeria con la sua preziosa scatola lasciava la stanza mentre Vittorio si accingeva a intrattenere tutti con giochi di società.

Valéry

Dopo essersi immersa nella lettura delle parole di Mark, rosolio per la sua anima, dopo aver lasciato che l'emozioni l'assalissero come maree, dopo aver riso e pianto per le buffonate che raccontava e per l'amore per lei del quale ogni sua parola era intrisa, dopo averle lette tutte, era ritornata alla prima, ovvero all'ultima.

Tutti i "se" di Mark erano stati i suoi perché, tutti i "se" che avevano lasciato Mark nella speranza di potersi ancora incontrare, ora diventavano i suoi.

E se a Mark fossa accaduto qualcosa? E se Mark non avesse potuto raggiungere il luogo dove l'aspettava? E se... E se...

Non restava altro che andare là e sincerarsi di tutto e poi lasciar fare al destino che si divertiva a muovere tutti loro come pedine di una scacchiera colorata.

Aspen

Sorvolava quelle montagne, che Mark le aveva insegnato ad amare, senza più timore. Sapeva di poterne percorre le ripide discese con sicurezza grazie ai suoi insegnamenti. La tensione che percepiva era da imputarsi solo all'incertezza di ritrovarlo o no su quelle piste che adorava.

Questa volta all'aeroporto non c'era nessuno ad aspettarla. Non c'era l'uomo che svettava per la sua altezza sopra le teste degli altri e che con il suo sorriso l'attirava a sé.

Prese un taxi e si fece accompagnare al St. Regis Aspen Resort dove aveva prenotato una stanza. Avrebbe voluto quella che aveva condiviso con Mark quattro anni prima, ma non era disponibile. Peccato.

Non c'era fretta di correre e sentir scricchiolare la neve sotto gli sci... Avrebbe fatto un giro nei negozi e si sarebbe procurata l'attrezzatura necessaria per affrontare le piste il giorno dopo. Era sicura che se Mark fosse stato lì ad Aspen lo avrebbe trovato.

Aveva dormito stranamente bene. Un sonno ristoratore, profondo, senza sogni. Si sentiva proprio in forma.

Una colazione abbondante era quello che ci voleva per una giornata da trascorrere scivolando sulla neve di quelle montagne alla ricerca del suo amore.

Ormai era quasi buio e gli impianti chiudevano.

Le sue speranze erano state deluse. Non aveva smesso un attimo di sciare. Aveva percorso gran parte delle discese che Mark le aveva fatto affrontare. Nessuna traccia di lui.

Si sentiva le gambe di legno ed era così stanca…

Per quattro giorni aveva setacciato le piste senza nessun risultato. Quello sarebbe stato l'ultimo giorno.

L'ultimo giorno dell'anno.

Mark

Si trovava ad Aspen da quasi un mese. Aveva riservato all'albergo la stanza condivisa con Valéry nell'assurda speranza che lei prima o poi sarebbe arrivata. Non l'occupava. Passava ogni due o tre giorni a chiedere se ci fossero messaggi o se qualcuno lo avesse cercato. Lui viveva in una baita in mezzo alle montagne. Se la stanza del St. Regis gli costava un capitale, di contro l'affitto di questo cottage era irrisorio. Non che non fosse bello, tutt'altro. L'arredamento era essenziale e solido. Il grande camino del salone serviva a riscaldare anche le altre stanze. L'acqua che girava nei tubi posti sopra le fiamme raggiungeva i caloriferi delle camere, del bagno, della cucina. Un sistema semplice e geniale. Il basso costo dell'affitto era dovuto al fatto che per raggiungere questa casa si doveva percorrere un tratto di neve fresca con le racchette da neve ai piedi. Ciò significava abbandonare la civiltà prima che facesse buio. Una scelta forte per chi trascorreva una vacanza da quelle parti. Per lui invece era perfetto. Faceva lunghe sciate e quando doveva approvvigionarsi scendeva in paese con un grosso zaino in spalla. Le serate le passava scrivendo della sua storia militare, delle missioni e di come i governi giocassero con le vite umane solo per meschini interessi finanziari.

L'Iraq lo aveva toccato profondamente. Chissà, magari un giorno avrebbe pubblicato tutto in un libro. Ce n'era da far saltare in piedi molti dalle loro mega poltrone di pelle!

L'indomani sarebbe stato l'ultimo giorno dell'anno.

Passare quella notte solo? No, sarebbe sceso in albergo.

La notte di Capodanno

Niente da fare, di Mark nessuna traccia. Ancora una volta Valéry era rientrata con il buio e già l'albergo era in fermento per il veglione. Non riusciva a farsi contagiare da quell'atmosfera allegra e piena di aspettative per il nuovo anno che stava per nascere. Salita nella sua camera aveva passato quasi un ora sotto l'acqua calda della doccia. Lavava via le sue speranze. Le lacrime si mescolavano allo shampoo e scivolavano verso lo scarico lasciandola sempre più svuotata. A un certo punto si era ritrovata accasciata, abbracciata alle sue ginocchia in preda a singhiozzi profondi... Quando finalmente aveva ritrovata la forza di rimettersi in piedi si era asciugata e stupita della tonicità del suo corpo che si delineava nello specchio man mano che il vapore andava scomparendo con l'aria calda del fon. Esausta si era buttata di traverso sul letto cadendo nel sonno.

***

Mark intanto nella stanza, un piano sopra quella di Valéry, si stava preparando per la serata. Nell'armadio dell'albergo aveva tutto l'occorrente, compreso quell'abito elegante con tanto di papillon e la camicia con i polsini da gemelli. Sbarbato di fresco rimirava la sua figura. Andava per i cinquantacinque ma, a parte i capelli ormai brizzolati da tempo, era proprio in forma! Aveva sperato di poter passare quella serata con il suo amore ma non era arrivata. Forse Dimitrji non era riuscito a consegnare le lettere o peggio lei le aveva archiviate relegando la loro storia in un lontano ricordo...

Doveva stare in mezzo alla gente, distrarsi altrimenti prima o poi sarebbe diventato pazzo.

***

Il freddo si era impadronito del suo corpo con brividi fastidiosi che l'avevano risvegliata. Accidenti si era addormentata nuda! E aveva anche fame!

In preda alla sua ossessione di ritrovare Mark probabilmente non si era concessa neppure un pasto, quindi l'ultima volta che aveva mangiato risaliva alla colazione della mattina. L'orologino che aveva appoggiato sul comodino prima di entrare in doccia segnava le ventitré e trenta. Se si fosse sbrigata forse avrebbe potuto trovare ancora qualche avanzo del cenone. Si era infilata la biancheria e la tuta da sera di velluto nero. Le andava a pennello. Una seconda pelle morbida e calda. Sulle spalle una mantiglia di cachemire rosso rubino. I capelli, a dispetto del fatto di essere stati asciugati alla bella e meglio, le ricadevano morbidi e naturali sulle spalle. Nella pochette solo la chiave della stanza. Non le serviva altro per piluccare qualcosa e ritornare a dormire.

***

Mark sedeva solo in un tavolo un po' defilato e osservava tutta quella gente che si divertiva, mangiava, chiacchierava, ballava, rideva...

A un tratto scorse una figura che gli era famigliare.

I capelli un po' più lunghi, il fisico un po' più asciutto, ma era lei che mangiucchiava qualche cibaria che aveva in un piattino.

Era lei in piedi vicino al buffet!

Si guardava distrattamente in giro e mentre lui si alzava per raggiungerla i loro occhi si erano incontrati ed era sembrato che tutto intorno si fosse fermato. Non più musica, né rumore, né voci. Anche il piatto le cadeva dalle mani a rallentatore…

Attimi eterni prima di ritrovarsi in quell'abbraccio…

«…meno nove, otto, sette, sei, cinque, quattro, tre, due, uno…»

«Buon anno Valéry. Buon anno amore mio!»

Mark sussurrava sulle sue labbra e Valéry ricambiava i suoi baci con tale passione da togliere alle parole qualsiasi privilegio.

Si erano ritrovati e niente li avrebbe mai più divisi.

Epilogo

Il primo dell'anno del 2006 Mark e Valéry si trasferirono nella baita in mezzo al bosco e lì passarono un'intera settimana lontano dal mondo amandosi così tanto da perdere il senso del confine dei propri corpi.

Si sarebbero sposati subito, ma...

L'anziana era venuta a mancare la notte di capodanno e Marika era di nuovo senza lavoro. Usciva da quella casa con al sua grossa pesante valigia.

«Permette mia bella signora?»

«Dimitrji cosa ci fai a Milano?»

«Sono venuto a prenderti e farti tutte quelle promesse...»

«Tua moglie...?»

«Sì Marika, se n'è andata.»

Un attimo di silenzio... poi...

«Non sarà una mania la tua di fregarmi sempre le borse vero?»

Entrambi erano scoppiati in una risata.

Si sarebbero sposati subito ma...

Marika doveva ancora divorziare!

Davide e Drew avevano fissato le loro nozze per primavera.

Volevano una cerimonia in barca, avevano scelto che fosse un capitano a unirli, ma...

Troppi gli ospiti dall'Italia!

Come sia accaduto non ci è dato sapere, di certo la cerimonia ebbe luogo su di un veliero nelle acque del mediterraneo e a convolare a nozze furono tre coppie: Davide e Drew, Marika e Dimitrij, Valéry e Mark e, a dispetto di quello che ci si sarebbe potuti aspettare,

...vissero tutti felici e contenti.

... alla prossima storia...

Indice

Finito di stampare ottobre 2014
dalla **Greco&Greco** - Milano